Robert Scheer
Matthäus-Passion

 ROBERT SCHEER wurde 1973 in Carei, Rumänien geboren. Seine Muttersprache ist Ungarisch. 1985 emigrierte er mit seiner Familie nach Israel. Nach einer abgebrochenen Karriere als Rockmusiker studierte er Philosophie in Haifa und Tübingen. Seit 2003 lebt er in Tübingen. Weiteres zum Autor unter www.robertscheer.de

Von Robert Scheer erschienen bisher:
Der Duft des Sussita. Roman, Hanser Berlin
Pici. Sachbuch, Marta Press, Hamburg

ÜBER DIESES BUCH

Ex-Weltfußballer Lothar Matthäus soll als Trainer die Mannschaft des israelischen FC Maccabi Netanja aus der Talsohle führen. Lothar Matthäus, sein Dolmetscher und dessen Onkel Sauberger begeben sich auf Talent-Suche in einem Land, in dem die Sonne gnadenlos vom Himmel brennt und (mindestens) drei Weltreligionen unerbittlich aufeinanderprallen. Robert Scheer erzählt mit viel Humor und Fantasie und die Leser erfahren interessante Dinge über Israel.

Robert Scheer

Matthäus-Passion
Roman

Ein humorvolles Roadmovie aus Israel

 HAMSA VERLAG

»Die große Kunst ist weder bloßes Abbild noch Nachbild, sondern eine ursprüngliche Offenbarung unseres inneren Lebens.«

Ernst Cassirer, *Was ist der Mensch?*

Wahr ist, dass Lothar Matthäus in der Saison 2008/2009 Trainer der Mannschaft des israelischen FC Maccabi Netanja war.

Wahr ist auch, dass Dietmar »Didi« Hamann, wenn man denn Wikipedia Glauben schenken darf, seine frühe Kindheit in Konnersreuth verbracht hat.

Alles andere ist reine Fantasie, nichts als Fantasie, so wahr mir Gott helfe.

HAMAN

Ausgerechnet an einem Schabbes sollte ich Lothar Matthäus zu einem Spiel der dritten Liga begleiten. Ein Spiel der dritten Liga in irgendeinem verschlafenen Nest im Norden Israels! Da war mit Sicherheit nichts zu holen für seinen Verein, so viel stand für mich, seinen Dolmetscher, schon mal fest. Und ich machte mir keine Hoffnungen, dass dieses Spiel in dem deutschen Ex-Fußballweltmeister wieder den grenzenlosen Enthusiasmus wecken würde, mit dem er ein knappes Jahr zuvor das Training des israelischen Erstligisten Maccabi Netanja übernommen hatte. Lothar Matthäus war zu diesem Zeitpunkt schon reichlich geknickt, und das konnte ich nur allzu gut verstehen nach der Geschichte, die diesem Spielbesuch vorausgegangen war.

Matthäus war von Rabbi Avramoff, dem Chef von Maccabi Netanja, beauftragt worden, sich in dem kleinen Kaff einen vielversprechenden Spieler anzuschauen.

»Wenn Ihnen dieser Spieler gefällt«, hatte der Rabbi Matthäus eingeschärft, »dann müssen Sie ihn auf der Stelle für unseren Verein verpflichten.«

Matthäus fragte den Rabbi, ob es nicht besser wäre, sich den deutschen Mittelfeldspieler Didi

Hamann zu holen. Der wäre genau der Richtige, um die Mannschaft wieder nach vorn zu bringen.

»Ha-maaan?«, rief der Rabbi mit vor Entsetzen aufgerissenen Augen, während seine Stimme bei der zweiten Silbe des Namens in eine bedrohliche Tonhöhe schnellte. »Auf gar keinen Fall kommt ein Hamaaan zu unserem Verein«, sagte der Rabbi streng. »Kein Ha-maaan. Sie müssen das verstehen! Kein Ha-maaan kann je zu uns kommen, Herr Matthäus. Niemals! Vergessen Sie das. Ja, denken Sie nicht einmal im Traum daran. Dieser Mann existiert für uns praktisch überhaupt nicht.«

Lothar Matthäus tat alles, was in seiner Macht stand, um den Rabbi von Didi Hamann zu überzeugen. Und Didi Hamann wäre zu dem Zeitpunkt für einen geradezu lächerlichen Preis zu haben gewesen. Ein echtes Schnäppchen also, wie es in den Sportzeitschriften hieß, und somit keine sonderliche Belastung für das Budget von Maccabi Netanja, einerseits. Andererseits war Geld das geringste Problem: Der Rabbi und sein Bruder waren schließlich so reich wie nur wenige ihrer Landsleute in Kasachstan, wo die Brüder herkamen. Die Gebrüder Avramoff waren mit einem Wort stinkreich, allerdings auch dermaßen geizig, dass sich selbst der sparsamste Schwabe noch für sie geschämt hätte. Ganz offensichtlich hatten sie sich Dagobert Ducks Devise zu eigen gemacht, der ja stets betont hatte, er wäre nie der reichste Mann der Welt geworden, wenn er nicht so eisern gespart hätte. Didi Hamann war jedenfalls zu diesem Zeitpunkt ein ausgezeichneter Mittelfeldspieler und außerdem noch sehr günstig zu haben. Es wäre also in zweifacher Hinsicht ein sensationelles Geschäft für das Team gewesen.

»Auf den könnte man setzen, auf den ist wirklich Verlass!«, insistierte Matthäus hartnäckig.

Der Rabbi jedoch wollte davon nichts wissen, obwohl Matthäus ihm immer wieder versicherte, dass Didi Hamann als einziger in der Lage wäre, der Mannschaft in ihrer derzeitigen Lage zum entscheidenden Durchbruch zu verhelfen.

»Mit Hamann«, schwärmte Lothar Matthäus, »könnten wir nach oben kommen, vielleicht sogar bis ins Viertelfinale der Champions League.«

Und was man nicht alles an Pokalen, Meisterschalen und sonstigen Trophäen mit dieser Mittelfeldlegende einheimsen könnte – nicht auszudenken, hielt Matthäus dem Rabbi vor. Mit dessen Hilfe würde vielleicht sogar einer ihrer Mannschaft zum Spieler des Jahres werden oder gar er selbst, so fügte er in aller Bescheidenheit noch hinzu, zum Trainer des Jahres.

Doch es half alles nichts. Der Rabbi und sein Bruder weigerten sich standhaft, Didi Hamann einzukaufen und machten so die ehrgeizigen Träume ihres deutschen Trainers mit einem Schlag zunichte.

Nicht einfach, mit so einem Tiefschlag umzugehen. Aber damit musste Matthäus nun wohl oder übel klarkommen. Und wer war geeigneter, mit so einer schwierigen Situation umzugehen als Lothar Matthäus? Wer hatte mehr Erfahrung mit Stress als er, diese Fußballikone? Er konnte das. Keine Frage. Er war ein Profi. Jede Niederlage bedeutete für ihn schließlich nur eine neue Herausforderung, ein Aufstieg aus der Asche, ein Adlerflug in himmlische Höhen. Und von einem Höhenflug wurde ihm nicht schwindlig, ebenso wenig wie von einem Absturz. Betrachtete er den griechischen Pechvogel Phönix doch als seinen wahren Bruder im Geiste. Und wenn der Rabbi partout nicht wollte, dann musste eben eine andere Lösung gefunden werden.

Hamann würde definitiv nicht nach Israel kommen. Denn der Rabbi und sein Bruder behaupteten, der Mittelfeldspieler sei ein Nachfahre von Haman dem Bösen, jenem Haman aus dem alttestamentarischen Stamm der Amalekiter, der einst die Juden hatte vernichten wollen. Ein Amalekiter also. Nicht mehr und nicht weniger. Ein Amalekiter!

»Wir Juden haben sogar einen Feiertag namens Purim, um genau dies zu feiern, nämlich dass es Haman doch nicht gelungen ist, uns zu vernichten, lieber Herr Matthäus«, erklärte der Rabbi seinem Trainer salbungsvoll. »Purim ist unser schönster, unser allerschönster Feiertag, fröhlich, bunt, so etwas wie

Halloween. Bei uns Juden gibt es ja ansonsten kaum Feiertage, nur Trauertage. Purim aber ist ein Feiertag, der größte und schönste Feiertag überhaupt. Fast hätte der Bösewicht Haman alles kaputtgemacht, alle Juden vernichtet. Dass es Gott sei Dank nicht so gekommen ist, das feiern wir nun jedes Jahr, und zwar seit sehr vielen Jahren. Bei uns ist es eine heilige Tradition, den Sieg über Haman zu feiern.«

»Aber was, bitteschön, hat das Purimfest mit meinem Freund Didi Hamann zu tun?«, fragte Lothar Matthäus mit einem ersten Anflug von Verzweiflung.

Der Rabbi verzog bei der erneuten Erwähnung von Didi Hamann schmerzlich das Gesicht, bevor er seine Stirn in bedrohlich finstere Falten legte. »Ha-maaan ist ein Satan«, zischte der Rabbi schließlich ganz leise, so als wollte ihm dieses Wort nur mit dem allergrößten Widerwillen über die Lippen kommen.

»Wie bitte?«, piepste Matthäus überrascht, als ich ihm – zugegebenermaßen recht zögerlich – den letzten Satz des Rabbis aus dem Hebräischen übersetzt hatte.

»Er ist der Satan, lieber Herr Matthäus, verstehen Sie jetzt? Es geht hier um dunkle Gestalten, sehr dunkle Gestalten«, sagte der Rabbi unruhig, während er theatralisch mit den Händen vor seinem umfangreichen Bauch in der Luft herumfuchtelte.

Pathetisch sah das aus, so pathetisch, dass ich das Gefühl hatte, einer Szene aus einem alten Stummfilm in Schwarz-Weiß beizuwohnen. Nicht ganz klar war allerdings, ob der Hauptdarsteller eher Nosferatu oder Charlie Chaplin ähnelte. Der Rabbi jedenfalls erweckte den Eindruck, als ob er mit seiner Performance höchst zufrieden wäre. Seine eigenen Worte schienen auf ihn selbst wie ein wohltuendes Aphrodisiakum gewirkt zu haben, das seine Augen nun vor lauter Selbstzufriedenheit zum Funkeln brachte.

»Der Satan?! Warum soll denn ausgerechnet der Didi Hamann der Satan sein?«, ereiferte sich Lothar Matthäus.

»Er heißt doch Ha-maaan, oder?«, drängte der Rabbi. »Heißt er so oder nicht?! Sagen Sie es mir. Ist das sein Name? Sagen Sie es mir. Sagen Sie es.«

»Ja, schon«, erwiderte Matthäus etwas lahm.

»Deswegen ist er von dem Samen Amaleks, ein Kind des Satans. Ist doch logisch«, sagte der Rabbi.

»Verstehe ich nicht«, sagte Matthäus. »Warum soll es logisch sein, dass Didi Hamann ein Kind des Satans ist?«

»Ist so«, meinte der Rabbi mit einem vernichtenden Blick, »er ist ein Kind des Teufels, der Dunkelheit.«

»Nur weil er Hamann heißt?«, fragte Matthäus ungläubig.

14

»Genau, Sie sagen es, Sie sagen es! Die Sünde liegt schon in seinem verdammten Namen«, sagte der Rabbi energisch, »dies alles müssen Sie aber nicht wirklich verstehen. Letztendlich sind Sie, bei allem Respekt, nur Fußballtrainer und kein Theologe. Und Ihre Religion ist nur ein rundes Leder. Ich weiß allerdings nicht, ob ich selbst dies alles verstehe …«

»Moment mal«, rief da Lothar Matthäus und tippte sich an die Stirn, als ob dort soeben ein Lämpchen angegangen wäre. »Wissen Sie eigentlich, wo mein Freund Didi Hamann herkommt?«

»Das weiß ich nicht und das interessiert mich auch nicht!«, schrie der Rabbi und drehte sich auf dem Absatz um, um Matthäus klarzumachen, dass das Gespräch von seiner Seite aus beendet war. Doch Matthäus stellte sich ihm mutig in den Weg.

»Mein Freund Didi Hamann kommt aus einer wahren Hochburg des katholischen Glaubens«, ereiferte er sich. »Schon allein deshalb kann er unmöglich der Satan sein.«

»Ihr Glaube in allen Ehren«, fiel ihm da der Rabbi ins Wort, »aber jede Religion hat nun mal ihre eigenen Ikonen …«

»Genau!«, unterbrach ihn Matthäus. »Und eine unserer Ikonen ist die berühmte Resl von Konnersreuth.«

»Die Resl von was?«, fragte der Rabbi und hielt

15

sich die linke Hand wie einen Trichter hinter sein Ohr.

»Die Therese von Konnersreuth«, sagte Matthäus und fügte, sich bekreuzigend, ein »Gott hab sie selig« hinzu. »Und aus Konnersreuth kommt auch mein Freund Didi. Aus demselben Ort wie unsere stigmatisierte Resl. Stellen Sie sich das mal vor. Es würde mich nicht einmal wundern, wenn er sogar mit ihr verwandt wäre. Mit unserer Resl, die aus denselben Wundmalen geblutet hat wie unser Jesus Christus, und die deswegen vielleicht sogar schon bald selig gesprochen wird von unserem Papst, dem Benedikt …«

»Euer Papst ist ein wirklich anständiger Kerl«, fiel ihm der Rabbi erneut ins Wort, »aber das ändert nichts an der Tatsache, dass ein Mann namens Ha-maaan mir auf keinen Fall in unseren Verein kommt. Ganz gleich, woher er kommt.«

»Und das nur wegen seines Nachnamens?«, hakte Matthäus noch einmal nach.

»Sagen Sie ihn nicht«, fiel ihm der Rabbi mit einer abwehrenden Handbewegung ins Wort. »Dieser verfluchte Name ist heute bereits schon viel zu viele Male gefallen. Das bringt nur Unglück. Also sprechen Sie ihn bitte nicht aus, diesen entsetzlichen Namen … um Himmels willen nicht, lieber Herr Matthäus. Ich will ihn nicht mehr hören! Kann ihn nicht mehr hören!«

16

»Das kapier' ich einfach nicht«, murmelte Matthäus und schüttelte fassungslos den Kopf.

»Das alles müssen Sie auch nicht verstehen, Herr Matthäus«, sagte da der Rabbi. »Es ist aber genau so, wie ich es Ihnen gesagt habe. Kein Ha-maaan kommt zu uns, um Fußball zu spielen oder sonst etwas zu tun, auch wenn er mit Vornamen Didi heißt. Egal. Ist vollkommen egal. Hier hat so jemand nichts verloren. Wir können so einen Menschen hier bei uns nicht willkommen heißen geschweige denn gebrauchen. Nein, nein und nochmals nein! Das ist klar genug, hoffe ich. Wir sind dazu gezwungen, so eine Person von unserem Zuhause fernzuhalten, so fern wie nur möglich, weit, weit weg. Der Teufel soll ihn holen …«

Der Rabbi hielt kurz inne. »Sein Vorname ist mir vollkommen wurscht. Aber er heißt doch Hamaaan, oder etwa nicht?«

»Ja, schon.«

»Das ist sein Name, ja?«

Matthäus nickte.

»Sagen Sie es, Herr Matthäus«, sagte der Rabbi.

»Ja!«

»Das genügt!«, sagte der Rabbi streng.

»Wenn Sie meinen«, flüsterte Lothar Matthäus und ließ resigniert den Kopf hängen.

»Das meine ich!« Der Rabbi meinte es und blieb dabei.

In der oberen Etage von Maccabi Netanja herrschte Fassungslosigkeit. Zum allerersten Mal hatte der Rabbi seinem deutschen Trainer, den er über alle Maßen schätzte, eine klare Absage erteilt.

Und Lothar Matthäus geriet gewaltig unter Druck. Ohne ein gutes Mittelfeld sah er schwarz für den Verein. Und ich sah schwarz für meine berufliche Karriere als Dolmetscher. Wenn Matthäus seinen Trainerjob verlieren würde, dann würde auch ich gehen müssen. Schade drum, denn ich mochte meinen Job, obwohl er nicht gerade üppig bezahlt war. Aber hey! Beschweren konnte ich mich wirklich nicht. Ich arbeitete zwar hart, aber nicht sehr hart, und die Arbeitszeiten waren auch ganz okay. Hinzu kam, dass mein Boss kein geringerer als die Fußballlegende Lothar Matthäus war, ein Mann, der fünf Weltmeisterschaften mitgemacht hatte, mit 150 Länderspielen deutscher Rekordnationalspieler gewesen war und Europameister und einmal auch Fußballer des Jahres und der erste Weltfußballer des Jahres überhaupt. Ein Rekord hatte in seiner Karriere den nächsten gejagt. Mit acht Elfmetertoren war er lange Zeit der beste Strafstoßschütze der Nationalmannschaft gewesen, und, um noch einmal auf seine Seelenverwandtschaft mit dem Pechvogel Phönix zu sprechen zu kommen: Wer außer ihm hatte es schon fertiggebracht, in einem DFB-Pokal-Endspiel zweimal den Elfmeter zu verschießen? Und dann war ausgerechnet ihm, einem der großen Söhne der fränkischen Sportmetropole Herzogenaurach, in einem WM-Finale der Schuh aus dem Leim gegangen! Ironie der Geschichte? Oder hatte er sich einfach nicht rechtzeitig von seinen ausgelatschten Pumas trennen können? Egal, jedenfalls war ich mächtig stolz darauf, einen so engen Kontakt zu einem Mann mit einem solch wechselvollen Schicksal zu haben, und wer hatte das schon außer mir und vielleicht noch einem guten Dutzend wirklich sehr schöner Frauen?

Jedenfalls musste Matthäus nun ohne Didi Hamann auskommen, den er schon als neuen führungsstarken Mannschaftskapitän im Mittelfeld von Maccabi Netanja gesehen hatte. Und das alles, weil sein Freund in den Augen des Rabbis den falschen Nachnamen hatte. Diese Tatsache brachte den deutschen Trainer beinahe um seinen Verstand. Er schlief nicht mehr gut, wurde bleich und lachte kaum noch. Sogar die Anzahl seiner Frauen nahm ab, und die wenigen, die da noch kamen, wurden immer dünner. Und das alles wegen Haman, dachte ich.

Im Gegensatz zu Lothar Matthäus strahlte der Rabbi über sämtliche Backen, als er seinem Trainer von einem jungen drusischen Spieler aus der dritten Liga berichtete. Viele Experten, so der Rabbi, sähen in dem Jungen die Zukunft des israelischen Fußballs, und er sei außerdem wirklich noch sehr günstig zu haben. Es stünden schon einige andere Vereine in Verhandlungen mit ihm, aber er, Lothar Matthäus, habe das große Glück, dass der Drittligist ein riesiger Fan von ihm sei. »Nun machen Sie doch nicht so ein finsteres Gesicht«, sagte der Rabbi und klopfte Matthäus ermunternd auf die Schulter. »So einem Talent begegnen wir schließlich nicht alle Tage. Bei seinem nächsten Spiel am Wochenende werden Sie ihn also unter die Lupe nehmen, und wenn er Ihnen gefällt, dann kaufen Sie ihn sich.« Noch während seiner letzten Worte hatte sich eine leichte Falte auf der Stirn des Rabbis gebildet, und er fügte nach einer kurzen Pause hinzu: »Sie können ihn haben, obwohl er ein Druse und kein Jude ist. Hauptsache, er kann gut spielen. Außerdem ist er Israeli wie Sie und ich.« Aus irgendeinem Grund fühlte ich mich bemüßigt, den Rabbi darauf aufmerksam zu machen, dass Lothar Matthäus kein Israeli, sondern ein Deutscher wäre, doch wischte der Rabbi meinen Einwand mit einer lapidaren Handbewegung beiseite. »Egal, im biblischen Sinn sind wir Menschen eigentlich doch alle Israelis«, sagte er jovial und holte angesichts meiner zweifelnden Miene zu einer weiteren Erklärung aus. »Stammen wir nicht alle von Adam ab? Und sind wir in diesem Sinn nicht alle irgendwie Juden, also Israelis? Das ist doch gar nicht so schwer zu verstehen, wenn man sich nur einmal ernsthaft, schonungslos und kritisch Gedanken darüber macht. Gewiss stimmen nicht alle mit mir darin überein, und nicht für alle ist der Glaube an Adam und seine Nachfahren so selbstverständlich, wie das früher einmal war ...«

Der Rabbi redete und redete, bis mir ganz schwindlig war, und Lothar Matthäus, mein armer Boss, hatte es längst aufgegeben, den Gedankengängen des Rabbis zu folgen, die ich ihm brav Wort für Wort ins Deutsche übersetzte. Nach einigen biblischen Zitaten aus dem Buch eines bekannten Propheten kehrte der Rabbi zum eigentlichen Thema zurück. »Ich habe gehört, einem Gerücht zufolge, also einem Fußballgerücht nach könnte der junge Spieler so etwas wie der neue Maradona des Nahen Ostens werden ...«

Na gut, dachte ich, einen Maradona der Karpaten gab es ja bereits in der Gestalt des rumänischen Spielers Gheorge Hagi, dem wohl brillantesten Linksfuß Osteuropas, den die Welt je gesehen hatte. Aber wer, um alles in der Welt, war dieser neue Maradona des Nahen Ostens, von dem der Rabbi da so endlos schwadronierte? Maradonas Namen im Zusammenhang mit einem völlig unbekannten Spieler aus der dritten Liga zu nennen hielt ich al-

21

lerdings für einen schweren Frevel. Aber das behielt ich lieber für mich. Denn tief religiöse Menschen sind in der Regel sehr empfindlich, wenn es um die Verwendung religiöser Begriffe in profanen Angelegenheiten geht. Und ich wollte deswegen nicht meinen Job verlieren. So behielt ich auch den Gedanken für mich, dass Maradona für den Fußball so etwas wie Moses für die Juden war. Ich schwieg also und überließ meinem Boss Matthäus das Wort, der ungestraft aussprechen konnte, was ich mich nur zu denken traute. »Na, na, na«, widersprach der dem Rabbi, »Maradona war schon eine Klasse für sich, an die keiner so leicht heranreicht.«

»Na gut«, ruderte da der Rabbi zurück, »vielleicht ist er kein Maradona, noch nicht. Aber das kann er ja unter Ihren Fittichen noch werden.«

SCHABBES-GOJ

Bevor wir uns auf den Weg in das kleine Kaff im
Norden machten, rief ich meinen Onkel Sauberger
an. Mir lag sehr daran, dass er uns dorthin beglei-
tete, weil er ein guter Freund von meinem geschla-
genen Boss war, viel mehr Ahnung vom Fußball
hatte als ich und auch besser über den Menschen-
schlag der Drusen Bescheid wusste, dem wir dort
begegnen würden.

»Der neue Maradona des Nahen Ostens?«, prus-
tete er los, als ich ihm von dem jungen Spieler erzählte.

»Sagt jedenfalls der Rabbi«, erwiderte ich.

»Ja, ja, das habe ich auch in so einem Käseblatt
gelesen. So macht man Schlagzeilen, die die Leute
noch hinterm Ofen hervorlocken, aber geben würde ich darauf keinen einzigen Schekel.«

Dann hörte ich Onkel Sauberger am Telefon laut
und ungeniert schmatzen. Ob er wieder Wurst esse,
fragte ich ihn. Was sonst, erwiderte er, und zwar
von einem ganz ausgezeichneten Schwein. Schweinefleisch war Onkel Saubergers Lebenselixier, und
das ausgerechnet in Israel, wo dies als unrein und
nicht koscher galt. Aber das war Onkel Sauberger
ziemlich wurscht.

»Blutwurst«, brachte er zwischen zwei Schmatzern hervor. »Fabelhaft. Fein gewürzt. Zergeht auf der Zungenspitze wie Seide. Bin sehr zufrieden mit meiner neuen Kreation. Du und dein Boss Lothar, ihr solltet die unbedingt mal probieren.«

»Darüber wollte ich mir dir reden«, sagte ich.

»Über die Wurst?«, fragte Onkel Sauberger ganz interessiert. Wenn es um die Wurst ging, war mein Onkel ganz Ohr. Wurst war seine Welt, der Dreh- und Angelpunkt seines Daseins. Der Sinn seines Lebens, das er mit der Erfindung immer neuer Kreationen verbrachte, die weltweit großen Anklang fanden. Und so wunderte es mich nicht, dass wir schon nach wenigen Sätzen bei der Wurst angelangt waren. Ernsthaft Sorgen um Onkel Sauberger würde ich mir erst machen, wenn dies mal nicht mehr der Fall sein sollte.

»Nein, heute geht es mal nicht um die Wurst«, sagte ich lachend, »oder ja, vielleicht in gewisser Hinsicht doch.«

»Nun mach es nicht so spannend, ich hab nicht ewig Zeit«, rief mich Onkel Sauberger zur Ordnung, und so erzählte ich ihm, dass Lothar Matthäus und ich ihn gern zu einem kleinen Ausflug mitnehmen würden.

»Doch nicht etwa in das rumänische Restaurant in Jaffa?«, fiel mir Onkel Sauberger ganz begeistert ins Wort. »Das wäre schön!« In dem besagten Restaurant, das nicht nur Onkel Saubergers, sondern auch Lothar Matthäus' Lieblingslokal war, gab es einen ausgezeichneten Schweinebraten und erstklassige Kutteln.

»Nein«, sagte ich und hörte, wie er enttäuscht ausatmete. »Wir würden dich gerne dabeihaben, wenn wir uns morgen ein Spiel ansehen.«

»Ein Spiel?«, fragte Onkel Sauberger, bevor er dem Vernehmen nach wieder in seine Wurst biss und so lustvoll darauf herumkaute, dass mein Magen heftig zu knurren anfing. Tatsächlich hatte ich den ganzen Tag noch nichts gegessen.

»Hallo, bist du noch dran?«, riss mich Onkel Sauberger aus meinen hungrigen Gedanken.

»Was denn für ein Spiel?«, fragte er ganz begierig.

»Dritte Liga«, erwiderte ich knapp.

»Ah«, sagte Onkel Sauberger, »der Lothar will den neuen Maradona sehen!«

Nach einem lauten Rülpser sagte er: »Ich hab ein paar Mal den Maradona der Karpaten gesehen, den Hagi. Trickreich wie ein rumänischer Fuchs, Augen wie ein Adler und einen unglaublichen linken Fuß wie ein Bär!«

»Ja, ja«, sagte ich leicht genervt. »Wahrscheinlich hast du auch den echten Maradona mal spielen sehen.«

»Leider nur im Fernsehen, was wirklich ein Jammer ist!«

»Und? Was meinst du? Kommst du mit?«

»Warum nicht«, sagte mein Onkel. »Da ich schon den echten verpasst habe, will ich mir den des Nahen Ostens nicht entgehen lassen.«

»Das wäre wirklich eine Sünde, eine Fußballsünde«, scherzte ich.

»Schön gesagt, mein Lieber. Wenn es um Fußball geht, dann bin ich religiös. Tief religiös. Also will ich auf keinen Fall eine Sünde begehen.«

»Gut«, sagte ich und freute mich nun förmlich darauf, mit ihm und meinem Boss in den Norden zu fahren.

»Auf geht's zu den Drusen!«, rief Onkel Sauberger. Auf ihn als Stimmungskanone konnte man sich wirklich verlassen. Ich wollte schon auflegen, als ich ihn noch etwas sagen hörte. »Ist morgen nicht Schabbes?«, fragte er mich.

»Ja, schon«, sagte ich.

»Und der Rabbi?«, fragte Onkel Sauberger.

»Der Rabbi ist ja derjenige, der uns hinschickt. Er selber kommt nicht. Muss ja beten und sich ausruhen. Der Goj Matthäus wird der Fahrer sein.«

»Ein Schabbes-Goj also, verstehe«, lachte Onkel Sauberger, bevor er auflegte.

Das drusische Derby

Am nächsten Tag, dem besagten Sabbat, holten wir Onkel Sauberger mit Lothar Matthäus' schwarzer Mercedes-Limousine ab und bretterten über staubige Landstraßen Richtung Norden nach Daliyat El Karmel, einem drusischen Dorf, das ungefähr zwanzig Kilometer südöstlich von Haifa inmitten von Weinbergen auf einem Hügel des Karmelgebirges lag. Allerdings hatten wir zu Onkel Saubergers Bedauern keine Zeit, um im Dorf noch einen Bhar zu uns zu nehmen, ein reichlich süßes Getränk aus Ingwer, Muskat, Zimt, Nelken und Nüssen, von dem uns mein Onkel während der letzten fünfzig Kilometer unablässig vorgeschwärmt hatte. »Ach, die Drusen«, stöhnte er, »schon ein interessantes Völkchen. Obwohl sie Araber und Muslime sind, glauben sie an so etwas wie die Seelenwanderung und dienen treu und brav in der israelischen Armee. Und: Sie haben eine vorzügliche Küche, nur leider ohne Schweinefleisch. Aber so ein fettes Lammschaschlik, da sage ich auch nicht Nein.« Nur hatten wir, wie schon gesagt, keine Zeit mehr für einen kleinen Imbiss, sondern fuhren auf direktem Weg zu dem Stadion, wo das drusische Derby der dritten Liga stattfinden sollte.

Kurz vor dem Anpfiff ließen wir uns erschöpft auf der schäbigen Tribüne nieder, die aus von der Sonne schon reichlich aufgeheizten Steinblöcken bestand. So etwas Heruntergekommenes wie dieses Stadion hatte ich schon lange nicht mehr gesehen. Abgesehen von seiner perfekt dilettantisch asymmetrischen Form erinnerte mich dieses Bauwerk an den Zweiten Tempel der Juden in Jerusalem, vielleicht weil es so unglaublich demoliert und veraltet aussah. Die einzelnen Fanblöcke der Tribünen wurden nur noch an wenigen Stellen von rostigen Metallgeländern getrennt, die größtenteils niedergetrampelt oder komplett aus ihren Verankerungen gerissen worden waren. Selbst die Stadionfarben waren rostbraun, und der einzige frische Farbtupfer bestand aus einer israelischen Flagge, die in einsamer Höhe über den dicht besetzten Rängen träge hin und her flatterte.

»Grauenvoll schön«, flüsterte Onkel Sauberger Lothar Matthäus zu, der – vermutlich vor lauter Entsetzen über die abgehalfterten Reste dessen, was ein Stadion normalerweise auszeichnete – nur starr und stumm vor sich hin stierte. Tatsächlich war die Hässlichkeit dieses Orts so überwältigend, dass sie fast schon wieder ästhetisch wirkte. Zumindest einigermaßen surreal.

»Äußerlichkeiten können täuschen«, sagte da Lothar Matthäus ganz überraschenderweise. »Und raue Bedingungen sind im Sport nicht unbedingt ein Nachteil. Solange die Jungs Fußball spielen können …«

»Die Jungs können ganz bestimmt Fußball spielen, lieber Lothar«, sagte Onkel Sauberger, »die Frage ist nur, wie gut sie Fußball spielen. Fast jeder, den ich kenne, behauptet, dass er Fußball spielen könne. Verstehst du, was ich meine?«

»Ja, ich versteh dich schon, lieber Sauberger«, antwortete Lothar Matthäus. »Warten wir's ab. Sie werden uns ja zeigen, was sie drauf haben.«

Das war genau das, was ich nun befürchtete, aber das behielt ich für mich, um die ohnehin schon triste Stimmung meines Bosses nicht noch mehr zu trüben.

Dicht an dicht wie an einer Perlenschnur reihte sich auf den Rängen der drusischen Gemeinde ein Schnurrbart an den nächsten, und jeder schien für sich in Anspruch zu nehmen, der wirklich allerschönste von allen zu sein. Auch einige jüdische und arabische Fußball-Fans waren da, im Wesentlichen an ihren glatt rasierten Gesichtern oder aber an ihren Vollbärten zu erkennen.

Doch nicht mehr voneinander zu unterscheiden waren die Zuschauer, als einige ein erstes Foul gesehen zu haben glaubten. Sie fingen an, sich lauthals gegenseitig mit Obszönitäten zu übertrumpfen. Dass die Mutter des Schiedsrichters als Hure bezeichnet wurde, war noch harmlos im Vergleich zu manch anderen Unflätigkeiten, die da vom Stapel gelassen wurden.

Abscheulich, was die Schnurrbärtigen, die Bärtigen und die Glattrasierten da alles schrien. Ich konnte es kaum glauben. Und ausgerechnet der Rabbi hatte uns hierher geschickt, an einen Ort, an dem ungezügeltes Fluchen zum normalen Umgangston zu gehören schien. Oder wollte der Rabbi etwa seinen Spaß mit uns treiben und uns absichtlich quälen? Unwillkürlich schüttelte ich den Kopf, vielleicht, um mich von dem unverschämten Mob, ob mit oder ohne Schnurrbart, zu distanzieren.

»Das also ist Fußball«, lachte Onkel Sauberger unbekümmert.

»Fußball von einem anderen Stern«, sagte ich resigniert.

»Marsfußball«, witzelte Onkel Sauberger.

»Unterirdisch«, sagte ich.

»Dritte Liga halt«, stellte Lothar Matthäus trocken fest. Na gut, er musste es schließlich wissen. Zwischen der dritten und ersten Liga lagen zwei ganze Klassen. Doch das Publikum und dessen Benehmen schien mehr oder weniger dasselbe zu sein. Nur das Spiel in der dritten Liga kam mir etwas rauer und primitiver vor, so dass ich mir gar nicht ausmalen wollte, wie es da erst in der vierten und fünften Liga zugehen mochte. Was Lothar Matthäus dann noch sagte, konnte ich nicht mehr verstehen, denn seine

Worte gingen in dem gnadenlosen Gebrüll der Fans unter, die nun der festen Überzeugung waren, dass der Schiedsrichter kein eheliches Kind, sondern nur ein räudiger Bastard seiner schlecht beleumundeten Mutter sein konnte. Die Zuschauer waren anscheinend bestens informiert. Viele behaupteten sogar, dass die Mutter des Schiedsrichters nicht nur mit vielen Männern zugleich … Aber lassen wir das. Ich war mir nicht sicher, ob ich all diese Details über den Schiedsrichter und dessen Frau Mama wirklich wissen wollte. Was für ein Segen für meinen Boss, dass er weder des Hebräischen noch des Arabischen mächtig war! Vollkommen ruhig und konzentriert schaute sich Matthäus das weitere Spiel an, das allerdings immer brutalere Züge annahm. Manchmal glich es, insbesondere hinter dem Rücken des Schiedsrichters und an den äußeren Rändern des Spielfelds, eher anderen Sportarten wie Boxen, Judo, Karate oder Rugby.

Noch floss kein Blut, aber lange würde das sicherlich nicht mehr so bleiben. Und die zunehmend häufigeren Pfiffe des schwarz gekleideten ›Hurensohnes‹ waren ein eindeutiges Indiz dafür, dass hier kein eleganter Fußball gespielt, sondern eher eine ziemlich miese Schlammschlacht geschlagen wurde, wenn auch auf einem knochentrockenen, staubigen Spielfeld.

Da boxte ein großer Spieler einem kleineren auf

den Kopf. Der Kleinere protestierte vehement und tastete sein Haupt nach irgendwelchen Blutspuren ab. Aber da waren keine. Der Schädel tat ihm aber wahrscheinlich trotzdem mächtig weh. Doch der Schiedsrichter hatte den Boxhieb hinter seinem Rücken gar nicht gesehen. Er war mit anderen Dingen beschäftigt. Ein hartes Spiel. Nicht fair. Nur hart. Und ziemlich brutal.

Wortlos und nun schon etwas konsterniert dreinblickend sah Lothar Matthäus weiterhin zu. So etwas wie eine Strategie war beim besten Willen nicht zu erkennen in diesem Spiel, in dem schlicht und ergreifend der Zufall sowie die körperliche und verbale Brutalität der Spieler regierte. Was hätte Lothar Matthäus dazu auch sagen sollen?

Mich, den Übersetzer, brauchte er da nicht. Denn die Bilder sprachen ihre eigene Sprache.

›Unseren Spieler‹, also den jungen Drusen, wegen dem wir überhaupt hierhergekommen waren, hatten wir immer noch nicht zu Gesicht bekommen, und Lothar Matthäus schaute schon nervös auf seine Uhr. Hier in der dritten Liga schienen andere Gesetze zu herrschen, was den Einsatz des angeblich besten Spielers betraf.

Endlich, kurz vor der zweiten Halbzeit, begann der drusische Maradona, sich warmzumachen, und ich betete darum, dass der Junge wenigstens ein bisschen Struktur und Dynamik in die unsägliche Klopperei bringen würde, die dort unten bisher stattgefunden hatte. Noch war kein einziges Tor gefallen, ja nicht einmal ansatzweise hatten wir das runde Leder auch nur in die Nähe eines der beiden Tore fliegen sehen.

Der Jubel, der um uns herum losbrach, als der junge Spieler mit eleganten Bewegungen am Spielfeldrand entlangtänzelte, riss uns endgültig aus unserer trübsinnigen Langeweile, und die folgenden Minuten gestalteten sich für uns zu dem, was wir einmal als unvergessliche Augenblicke in unserem Leben bezeichnen sollten.

Das Stadion geriet förmlich außer sich beim Anblick des drusischen Liebestanzes, den der neue Maradona nun da unten aufführte, und ein Brüllen hob an, mit dem man jede Gorillahorde in die Flucht geschlagen hätte.

Da grüßte unser Spieler, indem er die Hände vor der Brust kreuzte und sich leicht verneigte.

Und die Menge grüßte zurück.

Salam Alejkum.

Alejkum Salam.

Nach der gegenseitigen Begrüßung setzte der bejubelte Spieler sein Aufwärmtraining fort, das an Schönheit und Eleganz tatsächlich kaum zu überbieten war und unsere Herzen höher schlagen ließ.

Auch bei den Fans hatte der Auftritt des Spielers offensichtlich zu einem Sinneswandel geführt. Statt des animalischen Gebrülls waren nun rhythmische

Gesänge zu vernehmen, die der Atmosphäre im Stadion eine nahezu feierliche Stimmung verliehen. Selbst Lothar Matthäus schien davon augenblicklich ergriffen zu werden: Stumm und in sich gekehrt saß er da und harrte der Dinge, die da – hoffentlich! – kommen würden.

Neben der einsamen israelischen Flagge hoch über den Rängen flatterte nun auch eine drusische.

Sie passten farblich gut zu einander, die Fahnen.

»Du wunderst dich vielleicht darüber, dass unser Spieler nur ein Einwechselspieler ist«, wandte sich Onkel Sauberger nun an Matthäus, und ich war froh, dass er mitgekommen war. Denn im israelischen Fußball kannte sich Onkel Sauberger wirklich aus, und Erklärungsbedarf gab es mehr als genug. »Vielleicht«, so fuhr Onkel Sauberger fort, »wusste der Trainer des jungen Mannes nicht, dass du, Lothar, zum Spiel kommen würdest. Allerdings glaube ich, dass er es wusste und seinen besten Mann gerade deswegen erst so spät ins Spiel bringt. Wahrscheinlich ist auch dir nicht verborgen geblieben, dass die israelischen Fußballer gewisse Probleme physischer Natur haben. Sie haben im Allgemeinen viel Kraft für sechzig Spielminuten, aber ein Spiel dauert nun mal neunzig Minuten, mindestens, ob wir das wollen oder nicht. Aber nach sechzig Minuten geht unseren Spielern die Puste aus, und sie können kaum mehr laufen, geschweige denn rennen. Nach der fünfundfünfzigsten Minute drosseln sie das Spiel schlagartig auf Schneckentempo, und nach der sechzigsten Minute bewegen sie sich praktisch überhaupt nicht mehr. So jedenfalls ist das in der ersten israelischen Bundesliga, aber wem sage ich das. Da muss man sich natürlich ernsthaft fragen, wie da ein Spiel der dritten Liga aussieht.« Lothar Matthäus sagte nichts dazu, also fuhr Onkel Sauberger fort: »Man braucht nicht viel Einbildungskraft, um zu sehen, dass die Jungs da unten nicht mal Kraft für sechzig Minuten haben. Im Grunde genommen wäre es von Vorteil, die Spiele der dritten Liga von neunzig auf fünfundvierzig Minuten zu reduzieren.«

»Das wäre dann aber kein Fußball mehr«, sagte Lothar Matthäus trotzig.

»Nun sei doch nicht so streng«, sagte Onkel Sauberger. »Du gehst selbstverständlich davon aus, dass alle Fußballer so fit sein sollten, wie du selbst das einmal warst. Aber wahrscheinlich bist du sogar heute noch fitter als die meisten israelischen Spieler!«

Auf Lothar Matthäus' Gesicht erschien ein Lächeln. »Na ja, ich hab meinen Job halt immer ernst genommen und wollte immer der Beste sein. Also hab ich eben trainiert wie ein Wahnsinniger, war immer der Erste auf dem Trainingsplatz und hab als Letzter dort das Licht gelöscht. Training, Training, Training, und viele Schnitzel und Schweinebraten, das war mein Rezept.«

»Autsch, autsch!«, rief da Onkel Sauberger. »Du musst aufpassen, dass dein Erfolgsrezept hier in Israel nicht missverstanden wird. Wenn du das Wort Schweinefleisch erwähnst, werden alle gegen dich sein. Araber und Juden. Drusen und Beduinen. Also behalte dein Erfolgsgeheimnis lieber für dich. Jedenfalls so lange du hier bist. Hier verstehen die Leute keinen Spaß, wenn es ums Schwein geht, gar keinen Spaß. Keiner weiß das besser als ich … Aber lassen wir das, lieber Lothar, das macht mich nur traurig. Sag mir lieber, was du eigentlich von den israelischen Spielern hältst. Du hast sie jetzt ja schon bis zu einem gewissen Grad kennengelernt …«

»Na ja, wenn ich ganz ehrlich sein soll …«, sagte Lothar Matthäus zögerlich.

»Ich bitte sogar ausdrücklich darum«, ermunterte ihn Onkel Sauberger und klopfte ihm auf die Schulter.

»Faul sind sie«, erwiderte Lothar Matthäus lakonisch. »Sie sind faul und körperlos.«

»Dass sie faul sind, weiß ich«, sagte Onkel Sauberger. »Aber was meinst du mit ›körperlos‹?«

»Mit körperlos meine ich, dass die Spieler ihren Körper nicht zum Einsatz bringen wollen. Sie spielen so, als wäre der Körper für sie eine Last.«

»Ihre Spielweise ist also mehr von idealistischer Natur«, hakte Onkel Sauberger nach. »Ist es das, was du meinst, mein Lieber?«

»Na ja«, erwiderte Lothar Matthäus nachdenklich, »wenn du mit idealistisch keine Bereitschaft zu körperlichem Einsatz meinst, dann ja, dann sind sie ziemlich idealistisch. Könnte man so sagen. Ja.«

»Nicht mit idealen Spielern zu verwechseln«, sagte ich spontan.

»Ideale Spieler sind sie bestimmt nicht«, lachte Lothar Matthäus.

»Deswegen wolltest du unbedingt den Didi Hamann hierher bringen«, sagte Onkel Sauberger.

»Er ist besser als jeder israelische Spieler, den ich kenne, mit der richtigen Einstellung und Ausbildung und Laufbereitschaft, mit Führungs- und anderen nicht zu unterschätzenden Qualitäten«, sagte Lothar Matthäus sachlich.

»Ein idealer Spieler«, sagte ich, »nur schade, dass der Rabbi mit ihm nicht einverstanden ist.«

»Was weiß der Rabbi schon über Fußball«, sagte Onkel Sauberger verächtlich.

»Nichts«, meinte Lothar Matthäus resigniert. »Überhaupt keine Ahnung hat er von Fußball, nicht die geringste. Aber er hat das Sagen. Er ist der Chef. Er und sein Bruder. Die Avramoffs.«

»Und das Geld«, sagte ich.

»Du musst wohl, lieber Lothar«, sagte Onkel Sauberger, »du musst wohl mit den Geisteswissenschaftlern des Weltfußballs zurechtkommen, mit den körperlosen Israelis.«

»Ich weiß nicht, ob ich das schaffe«, sagte Lothar Matthäus. »Ich meine, ich würde nicht so weit gehen und sagen, dass die Israelis die Geisteswissenschaftler des Fußballs sind. Nein, so weit würde ich nicht gehen. Die meisten von ihnen können nicht mal lesen und schreiben.«

»Daparen«, sagte ich unwillkürlich.

»Wie?«, fragte Lothar Matthäus.

»So heißen sie hier bei uns«, sagte ich, »die Analphabeten. Das Land ist voll von ihnen.«

»So ist es«, sagte Lothar Matthäus mit analytischer Klarheit, »viele Fußballer sind äußerst dumm. Die Dummheit ist nicht immer, aber meistens doch ein Nachteil. Sogar im Fußball.«

»Fußball ist nichts für Dummköpfe, wird aber meistens von Dummköpfen gespielt«, sagte ich leise. Doch Onkel Sauberger schien mich gehört zu haben, denn er kicherte, und sein runder Bauch bebte ganz leicht. Lothar Matthäus dagegen kicherte nicht, sondern widmete sich wieder dem drusischen Aufwärmtanz des Spielers unten am Spielfeldrand.

»Amin, Amin, Amin Scharuf!«, skandierten die Fans und erhoben sich von ihren Sitzen.

Ich stand ebenfalls auf, aber weniger wegen unseres potentiellen Neuzugangs, sondern vielmehr, weil ich vor der Einwechselbank etwas entdeckt hatte, was unmöglich wahr sein konnte. Also rieb ich mir die Augen und schaute nochmal hin: Da stand tatsächlich – ein Lamm! Das Tier musste von Anfang an da gewesen sein, aber wahrscheinlich fiel es mir jetzt erst auf, weil nun die ganze Aufmerksamkeit auf Amin Scharuf ruhte, der sich dort für seinen Einsatz bereithielt.

»Hier kommt er ja, unser Tausendsassa«, rief Onkel Sauberger vergnügt.

»Na endlich«, sagte Lothar Matthäus und schaute erneut auf seine Armbanduhr.

Amin Scharuf ging Richtung Eckfahne. Zwei Männer folgten ihm mit dem Lamm. Dann geschah etwas, was ich mir nie hätte träumen lassen. Einer der beiden Männer hielt ein Schwert in seiner Hand und hieb es nun in den Hals des Lammes. Rundum auf den Tribünen wurde heftig applaudiert.

Da fiel mir plötzlich wieder ein, was mir mein Freund Yechezkel Deutsch mal erzählt hatte. Die Drusen hatten die Angewohnheit, als Glücksbringer ein Lamm zu opfern und die Beine der Fußballer mit dessen Blut zu beschmieren. Genau das passierte nun da unten. Das frische Blut des noch zitternden Tieres bespritzte Amin Scharuf und auch die beiden Männer, die es festhielten. Und alle hatten ihren Spaß daran und johlten, als die beiden die Waden von Amin Scharuf mit Lammblut einrieben.

Lothar Matthäus schien fassungslos zu sein, und so beeilte ich mich, ihm dieses Drusen-Ritual zu erklären.

»Opfergabe«, sagte Onkel Sauberger, als wäre das öffentliche Schlachten eines Lammes in einem Fußballstadion und das Beschmieren der Spielerbeine mit dessen Blut eine Selbstverständlichkeit.

»Es wird Glück bringen, kleines Lämmchen, es wird Glück bringen, oh Lämmchenblut«, sangen die Männer mit und ohne Schnurrbart nun unisono.

»Ein Lamm zu opfern bringt immer Glück! Glück! Glück! Amin, Amin, Amin Scharuf ... Amin, Amin, Amin Scharuf!«

Die Schlachtengesänge schienen nicht nur die Zuschauer in einen hypnotischen Zustand zu versetzen, sondern auch die Spieler auf dem Feld. Zum ersten Mal bekamen wir einen wunderbaren Pass zu sehen und atmeten erleichtert auf. Endlich ein schöner Fußball, so dachten wir, als plötzlich ein hässliches Knacken von Knochen uns aus der euphorischen Stimmung wieder auf den Boden der dritten Liga zurückkatapultierte. Was für ein brutales Foul!

Lothar Matthäus sog entsetzt die Luft ein, Onkel Sauberger stieß einen hässlichen Fluch aus und ich zuckte erschrocken zusammen.

Vom Schiedsrichter ertönte ein lang anhaltender Pfiff, und dann zückte er die rote Karte – für Amin Scharuf. Platzverweis für den drusischen Maradona des Nahen Ostens.

Niemand beschwerte sich. Ein Arzt rannte zu

dem verletzten Spieler, der sich vor Schmerzen am Boden krümmte, während Amin Scharuf gesenkten Hauptes vom Platz ging.

Mit dem Bild des auf dem Feld geschlachteten Lammes im Kopf und dem scheußlichen Geräusch der brechenden Knochen im Ohr verließen wir wie betäubt das Stadion. Kurz vor dem Hauptausgang sah ich mich noch einmal um. Der Mann mit dem Schwert stand wie festgenagelt da. Neben ihm das tote Lamm. Da lag es reglos an der Ecklinie, als schliefe es.

Totenstille herrschte auch draußen vor dem Stadion, als wir in den schwarzen Mercedes meines Chefs stiegen. Dicht daneben standen einige Kamele, die uns neugierig beäugten, und Lothar Matthäus musste einige Male hartnäckig auf die Hupe drücken, bevor sie sich endlich träge zur Seite bewegten und uns den Weg freigaben

TAUFE

Nach diesem Schockerlebnis bei der dritten Liga schlug Onkel Sauberger vor, im Zentrum von Daliyat El Karmel ein kleines Mittagessen einzunehmen. Das würde uns allen guttun, meinte er. Die exzellente drusische Küche und das pittoreske Dorf würden das im Stadion erlebte Trauma vielleicht wieder ein bisschen wettmachen, so meinte er. In der Tat fühlten wir uns nach den ersten Schlucken Bhar schon viel besser. Der hohe Zuckergehalt des süßen Getränks beruhigte schlagartig unsere Nerven, und als die Speisen aufgetragen wurden, langte nicht nur Onkel Sauberger kräftig zu. Auch Lothar Matthäus ließ sich die vielen Köstlichkeiten schmecken, blieb aber alles in allem ziemlich wortkarg, so dass ich mir wirklich Sorgen machte um die seelische Verfassung meines Chefs. Nach dem Schlamassel um Didi Hamann war nun auch der Traum von der Entdeckung des neuen Maradona wie eine Seifenblase geplatzt.

Als Lothar Matthäus nach dem Essen die Toilette aufsuchte, beratschlagte ich mich daher mit Onkel Sauberger darüber, wie wir unseren Freund am besten wieder aufmuntern könnten. »Weißt du was?«, meinte Onkel Sauberger, nachdem er einen Augenblick nachgedacht hatte. »Wir fahren mit ihm am besten nach Kfar Nachum.«

Mir blieb die Spucke weg. »Ausgerechnet nach Kfar Nachum?«, fragte ich ihn ganz entgeistert. »Was um Himmels willen sollen wir denn da?«

»Mein lieber Neffe«, erwiderte da Onkel Sauberger. »Du kennst mich gut genug, um zu wissen, dass ich schon weiß, was ich tu. Also vertrau mir einfach. Und glaub mir: Ein kurzer Aufenthalt in Kfar Nachum ist ganz bestimmt die beste Therapie für unseren Freund.« Fassungslos schüttelte ich den Kopf über diese absurde Idee, aber da mein Boss schon wieder auf dem Weg zu unserem Tisch war, unterließ ich den Versuch, Onkel Sauberger davon abzubringen und fügte mich zähneknirschend, aber widerspruchslos seinem Vorhaben. »Kfar Nachum?«, fragte Lothar Matthäus stirnrunzelnd, nachdem ihm Onkel Sauberger von unseren weiteren Reiseplänen erzählt hatte. »Nie davon gehört.«

Er habe ganz bestimmt schon von diesem Ort gehört, widersprach ich ihm, und vermutlich stünde der Ort schon längst auf seiner Liste all der wichtigen kulturellen Stätten, die er sich noch anschauen wolle, solange sein Trainer-Vertrag bei Maccabia Netanja Gültigkeit besitze.

»Kfar Nachum«, erklärte ich ihm und kam mir vor wie ein dödeliger Touristenführer, »ist das biblische Kafarnaum. Du weißt schon, der Ort in Galiläa am

43

See Genezareth, wo Jesus angeblich von Johannes dem Täufer unter Wasser getunkt wurde.«

»Ach sooo«, sagte Lothar Matthäus.

Das sage ihm tatsächlich etwas, und ja, das wäre eine prima Idee, denn ohne den neuen Maradona könne er sowieso nicht am Mittelfeld seiner Mannschaft herumbasteln. Also gäbe es auch keinen Grund, gleich wieder die Rückreise nach Netanja anzutreten.

»Na dann, auf nach Kfar Nachum!«, rief Onkel Sauberger und rieb sich tatkräftig die Hände. Und so fuhren wir, wie schon viele Milliarden anderer Menschen vor uns und vermutlich auch noch lange nach uns, in jenes Dorf, das seinen Namen wahrscheinlich einem gewissen Nachum zu verdanken hatte, der vermutlich lange vor Jesus' Zeit einmal dort gelebt hatte. Wer dieser Nachum war, weiß bis zum heutigen Tage kein Mensch, aber wenn er noch lebte, musste er über zweitausend Jahre alt sein. Vielleicht handelte es sich bei ihm ja sogar um den berühmten ewigen Juden, vielleicht aber auch nicht. Schließlich war es mehr als unwahrscheinlich, dass jemand über zweitausend Jahre alt war. Aber ausschließen konnte man es nicht so ohne Weiteres, zumal in biblischen Zeiten ja Hunderte und Tausende von Jahren ein Klacks waren im Vergleich zur heutigen Kurzlebigkeit der Menschen, und das trotz glutenfreier, veganer und sonstwie gesundheitsfördernder

Lebensweise. Ich jedenfalls hätte Nachum gern nach seinem Geheimnis für das ewige Leben gefragt, und ich bin mir sicher, ihm wäre was Besseres eingefallen als der Verzicht auf Alkohol, Schweinefleisch und Zigaretten. Vermutlich hätte er sein ewiges Leben mit der Unfähigkeit zu sterben begründet. Aber das waren nur müßige Spekulationen, die uns im Moment nicht wirklich weiterhalfen.

Als wir in Kfar Nachum ankamen, parkten wir auf einem sandigen Parkplatz, auf dem schon etliche mit kyrillischen Schriftzügen versehene Busse auf die Rückkehr der Touristen warteten, die vermutlich gerade noch im heiligen Wasser herumplanschten, bevor sie auf Einkaufstour in die zahlreichen Devotionalienhandlungen gingen, wo sie sich zu maßlos überteuerten Preisen mit wertlosem Nippes jedweder Glaubensrichtung eindecken konnten.

Insbesondere die Touristen aus dem fernen Russland ließen sich von den biblischen Preisen nicht abschrecken. Hatten sie doch in Moskau schon weit Schlimmeres erlebt. Und wer wie sie jahrzehntelang unter permanenter Warenknappheit gelitten hatte, dem gingen in Anbetracht der überbordenden Regale voller Schnickschnack natürlich das Herz und auch das Portemonnaie auf.

Sie kauften auch die unnötigsten Dinge in rauen Mengen, als gäbe es kein Morgen mehr. Und da sie hier nicht mehr Schlange stehen mussten wie weiland noch in Moskau oder Leningrad, hatten sie auch keine Zeit, auf die Preise zu achten und bezahlten, was immer die Händler von ihnen verlangten. Ähnlich wie daheim.

Die Stimmung nach der erneuerten Taufe an diesem heiligen Ort tat ihr Übriges, um die Geldbörsen zu öffnen, und so trug das Spirituelle den Sieg über das Materielle davon, das nach dem erhebenden Bad im See Genezareth einfach keine Rolle mehr spielte. Was waren schon die paar Rubel gegen den Segen des Allmächtigen! Dass an diesem heiligen Ort der Rubel ebenso wenig erwünscht war wie die lokale Währung Schekel, tangierte die Russen nicht sonderlich. Dann bezahlten sie eben mit Euros, Dollars oder Schweizer Franken.

Und dass die Russen weder geizig wie die Holländer noch sparsam wie die Schwaben sind, das wissen die judischen Geschäftsleute, die den christlichen Devotionalienhandel betreiben, sehr zu schätzen. Und sie scheinen auch ganz genau zu wissen, was die russische Seele zum letzten Quäntchen Glück begehrt. Nur so lassen sich die guten Geschäfte in Kfar Nachum – ebenso wie in Jerusalem, Bethlehem und Nazareth – erklären.

Wir mussten natürlich erst einmal durch den Laden, um überhaupt zu dem historischen Ort zu gelangen, an dem sich Jesus angeblich von Johannes dem Täufer hatte taufen lassen. Woher man so ge-

nau weiß, dass die Taufe genau an dieser Stelle stattgefunden haben soll, ist mir ein Rätsel. Tatsache ist,
dass dies von niemandem angezweifelt wird. Ebenso
wenig, wie an den Attraktionen in Jerusalem, Bethlehem und Nazareth gezweifelt wird.

Mir jedenfalls erschien Kfar Nachum einmal mehr
als Hochburg des schnöden Mammons, wo aus
den religiösen Gefühlen der Menschen das größt-
mögliche Kapital geschlagen wurde, ebenso wie in
Jerusalem, Bethlehem und Nazareth. Aber warum
regte ich mich eigentlich so darüber auf? Schließlich musste ich da ja nichts kaufen. Machtlos aber
war ich gegen den nie versiegenden Touristenstrom,
durch den wir uns nun bis zum Allerheiligsten
durchkämpfen mussten, und ich fragte mich einmal
mehr, welcher Teufel Onkel Sauberger wohl geritten
hatte, mit meinem angeschlagenen Boss ausgerechnet hierher zu kommen. Vom ursprünglichen Zau-
ber der altehrwürdigen Stätte bekamen wir wegen
der Menschenmassen nicht allzu viel mit, und wie
unser Trainer in diesem Trubel seinen Seelenfrieden
zurückbekommen sollte, war mir schleierhaft.

Wenn Jesus all dies sehen könnte – wovor ihn
der Herrgott bewahren möge! –, würde er sich an-
geekelt abwenden, da bin ich mir sicher. Aber so
ist das eben mit den menschlichen Ideen: Wenn
sie erst einmal umgesetzt sind und sich als gewinn-
trächtig erweisen, dann werden sie ausgeschlachtet

bis zum Geht-nicht-mehr. Und dann kommen die Interpreten: die Experten, die Rabbis, die Mullahs und die Priester – und beanspruchen nicht nur die spirituelle Deutungshoheit. Pfui Teufel, würde Jesus sagen. So viel steht fest.

»Hier also wurde Jesus getauft?«, fragte Lothar Matthäus mit leicht bebender Stimme, als wir endlich bis zum Ufer des Sees Genezareth vorgedrungen waren.

»So sagt man«, sagte nun ich, der Kafarnaum-Veteran, der diesen Ort wie auch die zahllosen anderen Heiligen Orte Israels schon so viele Male hatte besichtigen dürfen. Denn bei jedem Besuch von Familie, Bekannten und Freunden aus dem Ausland stand ein Ausflug zu mindestens einer unserer geweihten Stätten auf dem Programm. Nicht, dass ich mich als ausgewiesenen Kenner dieser Örtlichkeiten und ihrer Geschichte bezeichnen würde, aber die zwangsläufig häufigen Besuche derselben hatten nun mal dazu geführt, dass ich, ob ich das wollte oder nicht, inzwischen so allerhand darüber wusste. Mein Expertenwissen über diese Orte glich quasi dem Tennisarm eines Profispielers: Man leidet unsäglich darunter, ist letztlich aber machtlos dagegen.

»Willst du ins Wasser, lieber Lothar?«, fragte Onkel Sauberger.

»Wenn wir schon mal hier sind … warum denn nicht«, sagte Lothar, der tatsächlich einigermaßen ergriffen zu sein schien und sich nun ehrfürchtig dem Ufer des Sees Genezareth näherte.

»Das Wasser ist sehr angenehm«, ermunterte ihn Onkel Sauberger.

»Dann kommst du also auch mit, lieber Sauberger!«, sagte da Lothar Matthäus.

»Lieber nicht«, erwiderte dieser. »Du musst wissen, ich bin ein wenig wasserscheu. Aber dieses Wasser ist wirklich heilig, also geh du nur und nimm ein Bad. Ich werde so lange auf dich aufpassen, damit du mir nicht darin ertrinkst.«

»Das Wasser ist aber sehr niedrig hier«, stellte Lothar Matthäus beim Anblick der zahlreichen Russen fest, die bereits mit den Füßen in dem heiligen Fluidum herumplantschten.

»Das ist es ja«, sagte Onkel Sauberger ernst. »Die seichten Gewässer sind ja bekanntlich viel gefährlicher als die tiefen.«

Und so geschah es, dass Lothar Matthäus sich Schritt für Schritt jenem Ort näherte, an dem alles angefangen hatte: die heilige Taufe von Jesus Christus. Lothar Matthäus entledigte sich seiner Klamotten und stieg, nur noch mit einer schwarz-rot-goldenen Unterhose bekleidet, die wie ein kaukasischer Goldzahn in der Sonne leuchtete, in die heiligen Fluten. Einige Russen, die ihn wohl erkannt hatten, machten bereits erste Fotos von ihm.

Und wenige Minuten später war es beinahe so wie

bei Lothar Matthäus' Ankunft in Israel, als Hunderte von Anhängern des Fußballvereins Maccabi Netanja auf ihn gewartet und ihn mit lauten Jubelgesängen als Trainer willkommen geheißen hatten. Bereits Tage zuvor schon hatten die Fans sich im Stadion versammelt und stundenlang gesungen, bis sie den neuen Fußballmessias endlich mit eigenen Augen zu sehen bekamen. Nicht nur die Fans waren der einhelligen Meinung, dass die Verpflichtung des ehemaligen Weltmeisters die beste Idee gewesen war, die die Brüder Avramoff je gehabt hatten. Die ganze Stadt wartete gespannt auf ihren Trainer aus Deutschland und bildete ein Herz und eine Seele, als er endlich im Stadion eintraf. »Luther, Luther, Luther Matthäus!«, skandierten sie tagelang, und man kann natürlich darüber spekulieren, wie es zu der Lautverschiebung in der Aussprache seines Namens kam, muss das aber nicht. Eine Sprachbarriere zwischen dem Trainer und den Menschen aus Netanja existierte ebenso wenig wie bei Liebenden in den ersten Tagen und Wochen des Hormonrausches. Niemand machte sich irgendwelche Gedanken. Alle waren glücklich über seine Anwesenheit. Und Lothar Matthäus freute sich, von so vielen großartigen Fans umringt zu sein. In seiner Karriere hatte er naturgemäß schon viele Fans gesehen, aber solche wie in Netanja, hat er mir einmal versichert, hatte er bis dahin noch nie erlebt. Die Begeisterung war also groß und wechselseitig noch dazu. Trainer und Fans waren in einer Art Massenorgie vereinigt. »Eine wundervolle Zeit«, so sollte Lothar Matthäus viele Jahre später einmal über seine ersten Erfahrungen in Netanja schwärmen.

»Da haben die Russen ja gerade zwei Fliegen mit einer Klappe geschlagen«, lachte Onkel Sauberger beim Anblick der fotografierenden Meute, die meinen Boss inzwischen umringt hatte.

»Drei«, sagte ich und deutete auf Lothar Matthäus' Unterhose. »Jesus, Matthäus und die deutsche Fahne.«

Eine wahre Dreifaltigkeit also, und ich begann zu begreifen, warum uns Onkel Sauberger hierher geführt hatte.

Lothar Matthäus war hier die Attraktion schlechthin. Die Fotoapparate klickten wie verrückt, und Lothar Matthäus posierte. Was hätte er sonst auch tun sollen? Die Unterhose stand ihm gut und passte farblich ausgezeichnet zu seinem feinen Teint, der in der Sonne glänzte.

»Wer hier wohl mehr Anhänger hat, der Lothar oder der Nazarener?«, fragte ich mich laut.

»Aber das ist doch wohl sonnenklar«, sagte Onkel Sauberger indigniert.

»Eindeutig«, musste ich zugeben.

Die Russen freuten sich. Kafarnaum und Lothar Matthäus höchst persönlich. Das war das, was

Fotoagenturen unter einem *object plus* verstanden, und sie hätten vermutlich ziemlich viel Geld hingeblättert für die Aufnahmen, die die Russen nun von ihrem Helden ganz umsonst machen durften.

Dass Lothar Matthäus ein Kreuz auf der Rückseite seiner nationalfarbenen Unterhose trug, schienen die Russen gar nicht zu bemerken, ganz im Gegensatz zu mir. Und ich erstarrte. Wie kann er nur, dachte ich entsetzt, als ich nach mehrmaligem Hinsehen zu der Feststellung gelangte, dass es sich bei dem Kreuz auf der Unterhose um ein Hakenkreuz handelte. Dabei sah er so harmlos aus, mein lieber Boss. Sollte ich mich wirklich derart in ihm getäuscht haben? Mein Boss, ein Nazi?

Mir stockte der Atem, was mich davon abhielt, Onkel Sauberger zu fragen, ob das, was ich da sah, tatsächlich der Wirklichkeit entsprach oder ob ich nur schlecht träumte. Hatte Lothar Matthäus uns alle getäuscht? Meine Ratlosigkeit wuchs, und mein Herz klopfte wie eine Dampflokomotive.

Ich sah noch einmal genauer hin, und da merkte ich plötzlich, dass es gar kein Hakenkreuz war. Da hatte mir meine jüdische Fantasie doch wahrlich einen üblen Streich gespielt. Aber was war es dann, was da auf seiner Unterhose prangte? Aller Augen waren nach wie vor auf ihn, meinen Boss gerichtet, doch niemand außer mir schien erschüttert zu sein. Ich ging, nachdem ich meinen Schock überwunden hatte, ein paar Schritte näher an das Ufer und sah noch einmal hin. Doch als ich endlich erkannte, was es tatsächlich war, überfielen mich zwei sehr widersprüchliche Gefühle: große Erleichterung einerseits, ein erneuter Schrecken andererseits. Denn bei dem Emblem auf der Unterhose meines Chefs handelte es sich eindeutig – um einen Davidstern. Meine Güte!, dachte ich. Die deutsche Fahne, besiegelt von einem kleinen, aber feinen Davidstern! Wie originell!

»Der Lothar hat bestimmt gar nicht gewusst, wie populär er in Russland immer noch ist«, stellte Onkel Sauberger zufrieden fest und holte mich mit dieser Bemerkung aus meiner Gefühlsaufwallung zurück in die Wirklichkeit.

»Aber du hast das gewusst, und deshalb sind wir wohl auch hier, hab ich recht?«, fragte ich ihn, der die Szene im Wasser stolz betrachtete und nur wortlos nickte.

»Luther, Luther«, sangen derweil die dicken Russen und ließen die Kameras klicken. Vielleicht sangen sie ja auch »Lothar«, aber mit russischem Akzent klang es kyrillisch und damit eindeutig nach dem deutschen protestantischen Kirchenvater und dem schwarzen Bürgerrechtler in Amerika.

Vermutlich trug auch der Wodkakonsum der russischen Wallfahrer dazu bei, dass die »Luuuther, Luuu—ther«-Rufe immer lauter wurden und

53

kein Ende der Euphorie abzusehen war. Da stand er, mein Boss, der Held, umringt von betrunkenen Fans, die ihn nun in ihr kaukasisches Tänzchen einbezogen. Und ich gönnte ihm das heilige Bad in der Menge, das ihm einen Ausdruck der Verzückung und der Freude ins Gesicht gezaubert hatte. »Luuutherrr, Luuuuu-herrrr!« Goldzähne blitzten auf in Kafarnaum. Und es wurden immer mehr. Oder waren es die Blitzlichter der Fotoapparate? Die erbarmungslosen Sonnenstrahlen, die sich auf der leicht gekräuselten Oberfläche des Sees unendlich oft widerspiegelten? Jedenfalls schien alles hier zu blitzen, zu funkeln und zu flimmern, untermalt von einem zunehmend dichter werdenden Klangteppich aus russisch rollenden R.

»Luuu-ther, Luuu-ther«, tönte es über das Wasser, in dem eine Nonne in ihrer langen schwarzen Tracht kniete und voller Inbrunst einen Rosenkranz betete. Was schon an ein Wunder grenzte in Anbetracht des Radaus, den die Russen mittlerweile veranstalteten. Einige Mitschwestern der Nonne tauchten flink und anmutig immer wieder unter und weiter draußen auf dem See wieder auf, wie Pinguine auf der Flucht vor dem Eisbären. Dabei war es nur der russische Bär, der hier steppte.

Doch die Hoffnung der frommen Frauen auf andächtige Stille schwand im selben Maße, in dem die Betrunkenheit der dicken Russen zunahm. Deren

Ehefrauen fingen schon an, ihren Männern böse Blicke zuzuwerfen. »Die nächsten drei Wochen keinen Sex, kein Essen, kein gar nichts«, schienen sie zu sagen, »wenn ihr nicht sofort zur Vernunft kommt!« Doch die singenden Russen mit ihren Bierbäuchen ignorierten ihre Frauen ganz gekonnt, wie sie das wohl immer taten, wenn es um das Thema Fußball ging. Wann hatte man in seinem Leben schon mal das unerhörte Glück, gemeinsam mit seinem Idol im See Genezareth zu baden?

Als es meinem Boss endlich gelang, sich aus dem kaukasischen Kreis seiner jubelnden Fans zu lösen und wieder an Land zu kommen, da sah er jedenfalls fröhlich aus und schien sämtliche Probleme um das Mittelfeld seiner Mannschaft und die Querelen mit dem Rabbi um Didi Hamann vergessen zu haben.

Am Ufer hatten sich inzwischen die Wasserscheuen versammelt, die dort nicht auf den Segen von Jesus Christus, sondern vielmehr auf ein Autogramm von ihrem ganz persönlichen Messias Lothar Matthäus warteten. Und wie er da stand in seiner schwarz-rot-goldenen Unterhose, mit seinem athletischen Körper und seinen blitzend weißen Zähnen – wer hätte es gedacht, dass er es einmal so weit bringen würde?

Da stand er also, unser Messias, so entspannt und glücklich wie schon seit Langem nicht mehr, und ich fragte mich, warum nur die Nonnen vor ihm geflüchtet waren. Vielleicht, weil er mit seinem wunderbaren athletischen Körper und seinem versonnenen Gesichtsausdruck dem Messias tatsächlich zum Verwechseln ähnlich sah?

»Ein Bart und lange Haare würden ihm gut stehen«, sagte ich, und Onkel Sauberger pflichtete mir bei.

PICKNICK

Der Platz, den Onkel Sauberger für unser Picknick auserkoren hatte, war angenehm ruhig und ziemlich weit weg von jedem menschlichen Trubel. Abgesehen von Matthäus' schwarzem Mercedes, den wir in nächster Nähe geparkt hatten, damit wir Onkel Saubergers schwere Kühltaschen, den riesigen Picknickkorb und die Kiste mit dem echten Porzellangeschirr nicht so weit schleppen mussten, herrschte hier noch die ungezähmte Natur. Nur eine stattliche Anzahl bunter Plastiktüten, die sich in dem verdorrten Gestrüpp der Uferböschung verfangen hatte, erinnerte an die Existenz der menschlichen Zivilisation. Doch von der hatten wir nach dem Trubel von Kafarnaum und nach dem bösen Foul in der Dritten Liga die Schnauze gerade mächtig voll. Wie verrückt musste man eigentlich sein, um einem Gegner wegen einer nicht mal ansatzweise vorhandenen Tor-Chance die Knochen zu brechen, und das in einem Spiel, in dem es nicht mal einen Blumentopf zu gewinnen gab! Aber schließlich verhielt sich die Menschheit in wirklich ernsthaften Dingen ja ebenso verrückt, dachte ich und betrachtete den Uferstreifen des Sees Genezareth, der von Jahr zu Jahr breiter wurde. Das Galiläische oder auch das Harfen-Meer, wie das Gewässer wegen seiner Form auch genannt wurde, war immer noch Israels wichtigstes Süßwasserreservoir. Allerdings drohte der See langfristig wegen zu großer Wasserentnahme zu kippen. Denn er wurde nicht nur durch den Jordan gespeist, sondern auch durch salzhaltige Tiefenquellen, die mit dem sinkenden Wasserpegel Salzwasser nach oben spülten. Aber was unternahm die Menschheit gegen die drohende Versalzung und Verlandung dieses heiligen Gewässers, das zugleich ihre wichtigste Lebensgrundlage bildete? Nichts oder zumindest nicht genug. Denn die Menschheit war offensichtlich der Meinung, es wäre immer noch zielführender, sich wegen irgendwelcher Glaubenskämpfe oder anderer kleinkarierter Grabenkriege gegenseitig umzubringen. Und die Natur gleich mit dazu.

Was wohl Jesus dazu gesagt hätte, sinnierte ich, schaute auf den See hinaus und dachte an das berühmteste Wunder des Gottessohns, das Wandeln über das Wasser. Sein Wasserspaziergang hatte nicht weit von der Stelle entfernt stattgefunden, an der wir uns nun zum Picknick niederließen.

Bald werden wir alle übers Wasser gehen, dachte ich, und zwar trockenen Fußes.

Inzwischen hatte Onkel Sauberger seine Kühltaschen ausgepackt und drapierte allerlei Köstlichkeiten auf diverse Platten, allesamt aus eigener Herstellung – und im Wesentlichen auf der Basis von Schweinefleisch, versteht sich.

»Alles, was ihr hier seht«, sagte Onkel Sauberger und zeigte auf seine Köstlichkeiten, »ist laut Gesetz in Israel seit 1962 verboten.«

»Wenn wir das essen, dann machen wir uns also strafbar«, meinte Lothar Matthäus.

»Sagen wir mal so«, antwortete Onkel Sauberger, »das Konsumieren von unkoscheren Waren ist zwar verboten, wird aber geduldet.«

»Es ist also illegal«, insistierte Lothar Matthäus.

»Sei bitte nicht so deutsch«, sagte Onkel Sauberger. »Hier in Israel sind Gesetze letztlich nur dazu da, um früher oder später gebrochen zu werden. Denn wir haben hier keine endgültige Verfassung, sondern nur einen Haufen alter und neuer Gesetze, die eben befolgt werden oder auch nicht. Gebrochen werden sie allemal, früher oder später. Das ist nur eine Frage der Zeit.«

»Klingt schwer nach Anarchie«, bemerkte Lothar Matthäus.

»Nö«, sagte Onkel Sauberger, »ist Naher Osten. Aber man gewöhnt sich daran.«

»Hört sich ganz so an, als hättest du da schon einschlägige Erfahrungen gesammelt«, meinte Lothar Matthäus.

»Nicht mit Absicht«, erwiderte Onkel Sauberger. »Hab nur ein Buch geschrieben.«

»Sag bloß, du bist auch noch ein Schriftsteller?«

»So weit würde ich nicht gehen, mich einen Schriftsteller zu nennen«, sagte Onkel Sauberger bescheiden.

»Du hast aber ein Buch geschrieben«, hakte Lothar Matthäus nach.

»Hab ich«, bestätigte ihm Onkel Sauberger, »und zwar ein Kochbuch, auf Hebräisch.«

»Ein hebräisches Kochbuch also?«, sagte Lothar Matthäus und reckte zum Zeichen seiner Bewunderung den Daumen hoch.

»So ist es, lieber Lothar«, sagte Onkel Sauberger. »Über leckere Gerichte vom Schwein. Und vom Wildschwein.«

»Ein nicht koscheres Buch also«, stellte Lothar Matthäus nüchtern fest.

»So sahen das hier viele«, sagte Onkel Sauberger. »Deshalb konnte ich es auch nicht publizieren, weshalb nun das Manuskript in meiner Schublade verstaubt.«

»Wie schade!«, sagte Lothar Matthäus mit aufrichtigem Bedauern.

»Es war ein Skandal damals, mein Buch«, sagte Onkel Sauberger. »Ein Verlag hat sich zwar dafür eingesetzt, aber leider gab es erhebliche Schwierigkeiten, es an die Leser zu bringen. Die Leute waren empört, und einige gingen deswegen sogar auf die Straße und verbrannten Fotos mit Schweinen drauf. Das hätten sie mit meinem gedruckten Buch ebenso gemacht, ohne auch nur einen einzigen Blick hineingeworfen zu haben. Eines stand jedenfalls fest: Sie waren gegen mein Buch und der festen Überzeugung, es würde die Jugend verderben. Ist das zu glauben?«

Ich nickte unwillkürlich.

»Es war der hohe Richter«, sagte Onkel Sauberger, »der mein Buch verbot. Bevor es auf der schwarzen Liste landete, hatte mir der Richter noch vorgeschlagen, das Wort Schwein durch Hähnchen oder Rind zu ersetzen. Auf diese Weise könnte ich das Unkoschere ins Koschere umwandeln und die empörten Gemüter wieder besänftigen, erklärte er mir. Er selbst habe das Buch mit großer Aufmerksamkeit gelesen, und einige Gerichte hätten ihm ausnehmend gut gefallen. Wenn da nur das Wörtchen Schwein nicht wäre, wäre ja alles in Ordnung, meinte er. Aber das konnte ich unmöglich ändern. Schwein ist Schwein, und Huhn ist Huhn, und ein Rindvieh bleibt auch ein Rindvieh, basta, antwortete ich ihm. So kam mein Buch also auf die schwarze Liste, wo es bis heute noch steht, obwohl in der letzten Zeit schon ein, zwei ähnliche Kochbücher erschienen sind. Allerdings nicht von mir.«

»Du warst also ein Pionier«, sagte Lothar Matthäus.

»Kann man so sagen. Ein Schweine-Pionier«, sagte Onkel Sauberger und betrachtete nachdenklich die verführerisch glänzende Schweinshaxe auf seinem Porzellanteller.

Nachdem wir eine geraume Zeit lang schweigend gegessen und uns erschöpft zurückgelehnt hatten, um die Stille und die Schönheit der Natur zu genießen, fragte uns Onkel Sauberger, ob wir noch von dem Schweinesattel in Orangen-Sauce haben wollten.

»Ich bin pappsatt«, sagte Lothar Matthäus und tätschelte seinen Six-Pack, was ich ein bisschen lächerlich fand. Aber vielleicht war ich ja auch nur neidisch.

»Ich nehme gerne noch ein Stück«, sagte ich, ohne meine eigene Wampe zu tätscheln, und Onkel Sauberger schnitt mir noch eine dicke Scheibe von besagtem Schweinesattel ab.

»Bist du sicher, dass du nichts mehr möchtest?«, wandte sich Onkel Sauberger an Lothar. »Ich hätte da nämlich noch ein wenig Blutwurst, Kotelett mit Ananas und pikante Schweinerippchen.«

»Ähhh …«, änderte Lothar Matthäus seine Meinung, richtete sich etwas auf und leckte sich die Lippen.

»Was also möchtest du, mein Lieber?«, fragte Onkel Sauberger.

»Wenn ich noch von den Schweinerippchen haben könnte …«

»Gerne«, sagte Onkel Sauberger, und häufte Lothar noch einmal den Teller voll.

Kein Bauch, kein Leben

Auf dem Weg nach Tiberias, dem nächsten Ziel unserer Reise, hielt Onkel Sauberger eine Eloge auf den Bauch, weniger auf seinen eigenen als vielmehr auf den Bauch an und für sich und dessen Sosein im Allgemeinen und Besonderen. Und das war auch gut so. Denn Lothar Matthäus' jovialer Fahrstil, der einem Rentner mit Hut auf der Autobahn zwischen München und Stuttgart gut zu Gesicht gestanden hätte, bescherte uns in dieser Gegend mehr als eine Situation, in der ich aus reiner Todesangst am liebsten aus dem schwarzen Mercedes gesprungen wäre. Mit anderen Worten: Lothar Matthäus kutschierte uns durch die Gegend, als hätte ihm das Bad im See Genezareth Unsterblichkeit verliehen.

»In einer Hinsicht stimme ich mit unseren arabischen Freunden völlig überein«, sagte Onkel Sauberger gerade, als uns in einer Haarnadelkurve ein mit Wassermelonen beladener Pritschenwagen der Marke Toyota HiLux entgegenkam. Im Gegensatz zu Lothar Matthäus bremste der Fahrer des Pritschenwagens so geistesgegenwärtig, dass er einen Zusammenstoß in letzter Sekunde vermeiden konnte. Dass uns einige der von der Ladefläche kullernden Melonen beinahe ins Jenseits befördert hätten, bekam der Obsthändler gar nicht mehr mit, als er sich hupend und fluchend an uns vorbeidrängelte. Auch Onkel Sauberger schien das beinahe tödliche Manöver überhaupt nicht mitbekommen zu haben. Wahrscheinlicher jedoch war, dass er Situationen wie diese einfach schon zu oft erlebt hatte, um sie noch als bedrohlich zu empfinden. Jedenfalls fuhr er ungerührt fort, seinen Berührungspunkt mit den Arabern darzulegen. »Die Araber mögen keine gertenschlanken, also knochigen Frauen, keine ausgehungerten Modelle. Die finde ich auch nicht schön. Denn das Knochige hat in meinen Augen einfach kein Gewicht. Wenn man eine Frau in den Händen hält, dann sollte man sie in ihrem ganzen Umfang spüren können, jedes Kilogramm schön. Wie bei einem guten Stück Schweinefleisch, das Lust macht auf mehr.« Dabei zeichnete Onkel Sauberger mit beiden Händen genüsslich eine kurvenreiche Silhouette in die Luft, die mich zumindest für einen winzigen Augenblick von der nicht weniger kurvenreichen Straße und den dort lauernden Gefahren ablenkte. Allerdings lenkte er auch unseren Fahrer Lothar Matthäus ab, der seinen ausufernden Gebärden mit den Augen folgte, statt dieselben auf die Straße vor uns zu richten. Dabei stieg er verzückt vom Gaspedal, als spiegelte ihm eine Fata Morgana eine der soeben beschriebenen Schönheiten vor, die es vom Straßenrand zu pflücken galt. Matthäus' überirdisches Fahrverhalten wurde augenblicklich von einem wüsten Hup-Konzert von hinten quittiert. Schreiend und wild gestikulierend wurden wir von unzähligen Obst- und Gemüsehändlern überholt, die ihre Ware verständlicherweise in noch halbwegs frischen Zustand an ihrem Zielort abliefern wollten. Dass sie dafür sogar ihr Leben aufs Spiel setzten, machte ihnen in gewisser Weise Ehre. Aber dass sie dafür auch mein Leben riskierten, fand ich persönlich überhaupt nicht gut. Verdrossen wischte ich mir den Schweiß von der Stirn und versuchte, mich wieder auf Onkel Saubergers Ausführungen zum Thema Bauch zu konzentrieren. »Früher hatte man noch Respekt vor dem Bauch. Und respektable Personen hatten auch respektable Bäuche. Da war so ein Bauch geradezu ein Muss, wenn man etwa als Bürgermeister etwas darstellen und das Vertrauen der Gemeinde gewinnen wollte. Ja, damals«, seufzte Onkel Sauberger, »da wurde der Bauch in seiner ganzen Schönheit noch respektiert!«

Dann deutete Onkel Sauberger mit einer leicht verächtlichen Geste auf den Six-Pack meines Chefs. »Nichts gegen dich persönlich, mein lieber Lothar«, sagte er. »Aber bauchlose Männer sind einfach keine reifen Männer. Und wenn man bedenkt, dass in vielen fortgeschrittenen Kulturen ausschließlich Männer mit Bauch das Sagen hatten – je speckiger, desto besser –, dann hatte das doch ganz gewiss seinen Sinn. Nur auf so jemanden wurde gehört. Und warum? Ganz einfach: wegen des größeren Resonanzraums, den die Leibesfülle bietet. Wie bei einem Opernsänger. Auch bei dem ist der Bauch die wahre Quelle der Freude, sage ich euch. Und es wundert mich nicht, dass die Leute in deiner Heimat, lieber Lothar, und anderen nordischen Ländern an Depressionen leiden und schlechte Laune haben. Denn bei euch im Norden wird dem Kopf immer die Priorität gegenüber dem Bauch eingeräumt. Aber in anderen Kulturen liegt die Quelle des menschlichen Daseins im Bauch. Nur so ist es zu erklären, dass sich ein deutscher Selbstmörder eher eine Kugel in den Kopf jagt, während sich der Japaner beim Harakiri ein Schwert in den Bauch rammt. Bei uns im Nahen Osten allerdings gelten ganz andere Regeln. Hier existiert überhaupt kein Unterschied zwischen Kopf und Bauch. Da sprengt man sich gern ganz in die Luft, und noch ein paar andere Menschen mit dazu. Kein Bauch, außer beim Bauchtanz und beim Essen, und schon gar kein Kopf, lautet die Devise hier. Verstand und Gefühl haben hier keinen Platz. Nur die Explosion hat hier als Bestandteil der Normalität eine Zukunft. Aber das ist eine andere Geschichte.«

Immer noch wurden wir von wutschnaubenden Obst- und Gemüsehändlern überholt, die uns mit obszönen Gesten und Flüchen bedachten, während sich Lothar Matthäus stur an die wahrscheinlich in Deutschland vorgeschriebene Geschwindigkeitsbegrenzung hielt wie der besagte Rentner mit Hut. Ich versuchte krampfhaft, nicht mehr auf die Gegenfahrbahn zu schauen, die von den Einheimischen inzwischen als Überholspur genutzt wurde und suchte in meinen Hosentaschen verzweifelt nach einem noch trockenen Taschentuch, um mir den Angstschweiß vom Gesicht zu wischen. Onkel Sauberger fuhr unterdessen ungerührt in seinem Vortrag fort. »Und was, das frage ich euch, wäre die Welt ohne die wunderbare Disziplin des Bauchtanzes? Und was, frage ich euch, wäre so ein Bauchtanz ohne den nötigen Bauchspeck? Da muss es wabbeln und wallen, sage ich euch! Nur das verschafft dem Bauchgefühl seinen wahrhaftigen Ausdruck.«

Ein kurzer Blick aus dem Seitenfenster genügte, um zu sehen, dass es auch auf der Gegenfahrbahn inzwischen mächtig wabbelte und wallte. Einige der Fahrer, die von den Überholenden frech von der Straße gedrängt worden waren, standen neben ihren Fahrzeugen und rangen verzweifelt die Hände, weil sie nicht wussten, wie sie ihre Pick-Ups wieder aus dem Seitengebüsch manövrieren sollten, ohne ihre Ladung zu verlieren. Dabei hätten sie lieber Dankesgebete gen Himmel schicken sollen, denn das Gestrüpp am Straßenrand hatte sie immerhin vor dem Absturz in tiefere Regionen bewahrt. So, wie es da unten glänzte und glitzerte, war das keine Selbstverständlichkeit in dieser Gegend. Erfüllt von einer nie erlebten Todesangst tat ich schließlich, was die nicht abgestürzten Fahrer auf der anderen Straßenseite besser auch hätten tun sollen: Ich fing an zu beten. Und während Lothar Matthäus in seiner grenzenlosen Naivität unbekümmert im Schneckentempo weiterfuhr und Onkel Sauberger ebenso unbekümmert von Bäuchen schwadronierte, kamen mir, wie ein Zeichen des Himmels, die biblischen Worte des anderen Matthäus aus dem Fischerdorf Kfar Nachum in den Sinn. Und ich klammerte mich daran fest wie ein Ertrinkender an einem morschen Balken. *Also werden die Letzten die Ersten und die Ersten die Letzten sein. Denn viele sind berufen, aber wenige auserwählt.*

Schwer zu glauben, aber irgendwann hatten wir es tatsächlich geschafft. Unversehrt an Leib und Leben stiegen wir nach dieser Höllenfahrt in Tiberias aus Lothar Matthäus' Mercedes, und Onkel Sauberger fing an, die Hotels in der Stadt abzutelefonieren, um uns eine Unterkunft für die kommende Nacht zu organisieren. Kein leichtes Unterfangen, da Tiberias ein touristisches Zentrum am See Genezareth ist, von dem aus man relativ einfach zu sämtlichen Sehenswürdigkeiten Galiläas kommt. Während Onkel Sauberger mit seinem Handy nervös auf und ab ging und sich ganz offensichtlich ein »Tut-uns-leid-aber-wir-sind-ausgebucht« nach dem anderen anhörte, machte sich mein Boss darüber Gedanken, ob wir den Rabbi nicht noch schnell über das Desaster mit dem drusischen Fußballer informieren sollten. Das könne sicherlich noch bis zum nächsten Tag warten, beruhigte ich ihn. Schließlich habe der Rabbi am Ausklang des Schabbat sicher Besseres zu tun, als schlechte Nachrichten in Empfang zu nehmen. Nachrichten, die ihm womöglich seine ganze nächste Woche, wenn nicht die ganze Spiel-Saison verderben würden. Wo er doch so auf diesen jungen drusischen Spieler gesetzt hatte. Aber aus

Amin Sharuf, so versicherte mir Lothar Matthäus noch einmal, würde nie ein guter Fußballer werden. Da konnte der noch so verführerisch am Spielfeldrand herumtänzeln. »Vielleicht wäre der beim Bolschoi-Ballett ja besser aufgehoben«, meinte er abschließend.

»Aber ob man dort so scharf auf blutbeschmierte Waden ist?«, gab ich zu bedenken, als Onkel Sauberger nachdenklich sein Haupt schüttelnd zu uns zurückkehrte. »Tut mir echt leid, Jungs, aber drei freie Zimmer gibt's nur noch im orthodoxen Flügel eines koscheren Hotels, in dem der Schabbat noch aufs Strengste eingehalten wird.«

»Soll mir recht sein«, meinte Lothar Matthäus in seiner grenzenlosen Naivität, »ein bisschen jüdische Kultur kann ja nicht schaden.«

Ich sah Onkel Sauberger ratlos an, der nervös von einem Bein auf das andere trat. Ich aber wusste, dass er weniger einen Druck auf die Blase verspürte als vielmehr ein großes Unbehagen angesichts der Einschränkungen, die uns diese Nacht in einem streng jüdisch-orthodoxen Hotel möglicherweise bescheren würde. Dann sah ich auf meine Armbanduhr und stellte fest: Es war bereits *Motzej Schabbat*. Mit anderen Worten: Der Schabbat war zum Glück schon vorbei. Doch als ich Onkel Sauberger auf diese Tatsache aufmerksam machte, zog der nur seine Stirn in Falten und deutete mit einer vagen Handbewegung an, dass ihn das keinesfalls beruhigte.

»Tja, dann hoffen wir mal das Beste«, meinte er nur kryptisch und lotste uns zu unserer Unterkunft, einem am Ufer gelegenen Hotel, das von außen betrachtet nicht sonderlich attraktiv, aber alles in allem ganz passabel aussah.

An der Rezeption begrüßte uns ein schläfrig wirkender Empfangschef, der sich dienstfertig die Krawatte seines schwarzen Anzugs enger zog, und zwar so, dass ich schon befürchtete, der gute Mann würde sich noch strangulieren. Dabei musterte er uns gesenkten Hauptes durch seine dicht wuchernden Augenbrauen, wobei sein Blick auffallend lange an Onkel Saubergers mächtiger Wampe hängenblieb.

»Stimmt was nicht mit mir?«, fragte Onkel Sauberger den Mann in barschem Tonfall und sah an sich hinunter. Doch der Empfangschef hob sofort beschwichtigend die Hände.

»Nein, nein, alles gut«, beteuerte er. »Es ist nur so, dass Ihre Zimmer im neunten Stockwerk liegen, und der Aufzug an Schabbes … Sie wissen doch, wie das so ist.«

»Aber wir haben doch schon Motzej Schabbat, wo also liegt das Problem?«, echauffierte sich Onkel Sauberger, dem schon allein der Gedanke an neun Etagen Treppensteigen eine ungesunde Röte ins Gesicht getrieben hatte.

»Sagen Sie das nicht mir, sagen Sie das unserer Haustechnik«, erwiderte der Empfangschef und zuckte zum Zeichen seines Bedauerns die Schultern. »Leider haben wir des Öfteren Probleme, den Lift nach der obligatorischen Stromsperre am Schabbat rechtzeitig wieder in Gang zu bringen.«

Da fiel mir plötzlich ein, an wen der Mann hinter dem Empfangstresen mich schon die ganze Zeit erinnerte: Er sah meinem alten Freund Yechezkel Deutsch zum Verwechseln ähnlich, der in jungen Jahren das Hotelfach erlernt und mir viel vom sogenannten Schabbat-Modus in koscheren Hotels erzählt hatte. Da viele Häuser keinen (nicht-jüdischen) Liftboy mehr hatten, der den Etagenknopf für die jüdischen Hotelgäste betätigen durfte, wurden die Lifte am Schabbat so programmiert, dass sie automatisch auf jeder Etage anhielten. Wehe dem also, der ganz oben wohnte, der brauchte viel Geduld. War aber letztlich auch nicht weiter tragisch, weil man am Schabbat ohnehin nichts tun durfte wie zum Beispiel Autofahren, Feuer machen, Licht einschalten oder überhaupt irgendein elektrisches Gerät in Gang setzen. Und wenn man den Fernseher nicht einschalten durfte, konnte man auch nicht fernsehen und verpasste somit keine Sendung. Man stelle sich nur mal vor, in Deutschland gäbe es den Schabbat – unvorstellbar: keine »Sportschau« mehr am Samstagabend!

Nicht nur der Fernseher, auch der Herd blieb am Schabbat kalt in kosheren Hotels. »Naturgemäß kann man am Schabbat auch keinen Ofen anzünden«, hatte mir mein Freund Yechezkel Deutsch damals erklärt. »Das ist klar. Kein Feuer! So etwas wäre eine Sünde, ein großer Verstoß gegen die Regel. So etwas geht einfach nicht. Aber als guter Hotelier kannst du die Leute doch unmöglich ohne warme Mahlzeit zu Bett schicken. Wie aber funktioniert das ohne Ofen, ohne Herd? In Israel, sage ich dir, ist alles möglich. Israel ist heute, was Amerika einmal war: Das Land der unbegrenzten Möglichkeiten.

Hier ist alles möglich.

Das Unglaubliche wird zur Wirklichkeit.

Es ist kein Zufall, dass Israel als Amerika des Nahen Ostens gilt. Kleines Amerika.

Nur die Ausländer wissen das nicht. Die Gojim wissen zum Beispiel nicht, dass es einen Schabbatofen gibt. Dieser besondere Ofen hält das Essen auf einer konstanten Temperatur. Natürlich wird der Ofen vor Beginn des Schabbat angemacht. Daran ist noch nichts verkehrt. Es ist kosher. Alles kosher. Es brennt am Schabbat ein freundliches Feuer. Für die religiösen Hotelgäste ist so ein Gerät ein Muss. Mit so einem Ofen werden die Religiösen gelockt. Der Schabbataufzug und der Schabbatofen sind im Hotelgeschäft Selbstverständlichkeiten«, beruhigte mich mein Freund.

»Und wenn es Probleme am Schabbat gibt, ist es erlaubt, einen Nicht-Juden das Licht anmachen zu lassen. Wenn der sogenannte Schaon Schabbat, also die Schabbat-Uhr, nicht richtig funktioniert, wenn das Licht nicht an und aus geht wie gewünscht, kann das von einem Nicht-Juden in Ordnung gebracht werden, weil ein Nicht-Jude ja keine Schabbat-Regeln hat und solche also nicht brechen kann. So jemanden nennt man einen *Goj shel Schabbat*, also einen Schabbat-Nicht-Juden. Juden ist es erlaubt, solche Menschen am Schabbat für sich arbeiten zu lassen. Das Wichtigste ist, dass sie selber nicht arbeiten, kein Licht anmachen oder Auto fahren. Der Schabbatgoj dagegen darf das alles. Und wenn es Komplikationen gibt, zum Beispiel mit der Schabbat-Uhr, dann muss gehandelt werden. Und in so einer Situation kann nur ein Goj helfen. Nur ein Nicht-Jude kann dann quasi als *deus ex machina* einspringen, die Situation retten, den Schabbat retten und damit Israel. Gottes auserwähltem Volk zu Hilfe kommen.

Wenn das koschere Schabbatlicht nicht funktioniert und das Licht deswegen auch noch mitten in der Nacht brennt, kann der Religiöse das Licht nicht einfach ausknipsen. Das wäre ein grober Verstoß gegen die Schabbatregel. Von Gottes Perspektive aus ein unverzeihlicher Akt. Unerhört. Sündhaft. Damit könnte man sich Probleme sowohl in dieser Welt als auch in der anderen einhandeln. Also vermeidet man so etwas nach Möglichkeit. Deswegen wird der Goj gebraucht, der Schabbatgoj. Eine ganz normale Sache in der israelischen Hotelbranche.«

Mit diesen Gedanken machte ich mich an der Seite von Onkel Sauberger auf den Weg nach oben, während Lothar Matthäus vor uns die Treppen hinauftrippelte, als handle es sich bei diesem Aufstieg um ein Aufwärm-Training. Onkel Sauberger dagegen blieb schon nach dem ersten Stockwerk schweißgebadet stehen und fluchte leise vor sich hin.

»Das hätte ich mir doch denken können! Ein koscheres Hotel! Wie konnte ich nur so blöd sein, uns ausgerechnet in einem koscheren Hotel einzuquartieren!«

Nur mit viel Mühe konnte ich Onkel Sauberger davon überzeugen, seine Energie lieber auf die nächsten Treppenstufen zu konzentrieren als auf atemberaubende Flüche, die uns in diesem Fall nicht weiterbrachten.

Auf der vierten Etage kam uns eine aufgedonnerte Lady in Netzstrümpfen, einem sexy Leder-Outfit und blond gefärbten Haaren entgegen. In der Hand hielt sie eine brennende Zigarette.

»Nur Mut, Jungs«, rief sie uns zu, »ihr habt es bald geschafft. Ich hab mein Fitness-Training schon hinter mir. Rein, raus, rein, raus, versteht ihr? Die Knaben dürfen sich am Schabbat ja nicht bewegen. Da bleibt die ganze Arbeit an mir hängen.« Dabei schob sie aufreizend ihr Becken vor und zurück. »Sagt mal, der hübsche Knabe, dem ich da oben grad begegnet bin, gehört der vielleicht zu euch?«, fragte sie ganz interessiert. Onkel Sauberger und ich, völlig außer Atem, konnten nur noch nicken. Da zog sie eine Visitenkarte aus ihrem Strumpfband. »Also, wenn ihr noch etwas Unterhaltung braucht heut Abend, Anruf genügt. Ist bestimmt lustiger mit euch als mit den öden Rabbis hier.« Mit diesen Worten hüpfte sie die Treppen hinunter, und Onkel Sauberger sah ihr schmachtend hinterher.

Als wir gefühlte Stunden später in der neunten Etage ankamen, hatte es sich Lothar Matthäus bereits in einem der drei Zimmer bequem gemacht und winkte uns durch die offene Tür zu sich. »Da seid ihr ja endlich, wurde auch höchste Zeit«, begrüßte er uns. »Schließlich gibt es noch etwas zu feiern heute.«

Alles andere als in Feierlaune ließ sich Onkel Sauberger auf das breite Doppelbett plumpsen, während ich ins Badezimmer ging und meinen Kopf unter das kalte Wasser hielt.

»Was gibt es denn zu feiern?«, fragte ich meinen Boss, der gerade zum Telefonhörer gegriffen hatte. »Na ja«, meinte Lothar Matthäus etwas schüchtern, »heute ist mein Geburtstag.«

»Waaas?«, rief Onkel Sauberger. »Und das sagst du uns erst jetzt?«

»Hab' ja selbst erst gerade eben wieder dran gedacht«, sagte Lothar Matthäus.

»Hallo«, flötete er dann in seinem charmanten Franken-Englisch in den Telefonhörer, »ist dort der Zimmer-Service? Könnten Sie uns bitte eine Flasche gut gekühlten Champagner und drei Gläser bringen?«

Dann sagte Lothar Matthäus lange nichts, während aus dem Telefonhörer eine unaufhörliche Suada unterwürfigen Bedauerns ertönte, durchsetzt von mannigfaltigem *regret, regret, regret.*

Schließlich hielt es Onkel Sauberger nicht mehr aus und nahm meinem Boss den Hörer aus der Hand.

»Was? Kein kalter Schampus im Haus, sagen Sie?«

»Tja, tut mir außerordentlich leid«, quäkte es vom anderen Ende der Leitung, »aber Sie wissen ja …«

»Ja, ja, ja, ich weiß schon, ist wegen dem Schabbes. Sagen Sie mal, haben Sie denn keinen Goj shel Schabbat-Klempner, der das Kühlaggregat wieder zum Laufen bringen kann?«

Wir hatten keine Chance, und so stießen wir mit drei Plastikbechern auf den Geburtstag von Lothar Matthäus an, in die wir das garantiert koschere lauwarme Mineralwasser aus der ebenso lauwarmen Minibar gegossen hatten. Doch das Päckchen koschere Erdnüsse, das wir dort fanden, reichte bei Weitem nicht aus, um unseren Hunger zu stillen, der insbesondere Onkel Sauberger zu quälen begann. Wild entschlossen griff der noch einmal zum Telefonhörer und orderte drei blutige Steaks mit Kartoffelbrei. »Kaschrut, Kaschrut, Kaschrut!«, ertönte es vom anderen Ende der Leitung, und Onkel Sauberger knallte wütend den Hörer auf die Gabel.

»Kaschrut?«, fragte Lothar Matthäus.

»Das sind die jüdischen Speisevorschriften, nach denen man kein blutiges Fleisch und erst recht keinen mit Milch angerührten Kartoffelbrei dazu essen darf«, erklärte ich meinem Boss und wunderte mich wieder einmal, wie Onkel Sauberger es geschafft hatte, in diesem Land so lange zu überleben. Und ich nahm mir fest vor, bei nächster Gelegenheit endlich dessen gesammelte Weisheiten zu Papier zu bringen.

»Na, dann bestellen wir eben was anderes zum Essen«, meinte Lothar.

»Vergiss es, mein Freund«, sagte Onkel Sauberger resigniert. »So wie das hier bisher gelaufen ist, ist garantiert auch der Schabbat-Ofen kaputt.«

So verzogen wir uns in unsere kosheren Zimmer, wo ich schon nach wenigen Minuten eingeschlafen war. Und ich träumte von einem Gespräch, das ich einmal mit meinem alten Freund und Hotelfachmann Yechezkel Deutsch geführt hatte …

»Ein Schabbat-Aufseher kam am Wochenende ins Hotel und kappte in der Küche mit einem ganz speziellen Schlüssel alle Stromverbindungen. Alles musste an diesem letzten Tag der Woche ruhen. Gott wollte es so und befahl seinen Geschöpfen im Alten Testament, zu gehorchen, in feiner biblischer Sprache. Und der Schabbat-Aufseher, unterwegs in heiliger Mission, sollte dafür sorgen, dass Gottes Befehl eingehalten wurde. Kein Strom in der Küche, das bedeutete, dass alles von Hand gemacht werden musste. Wie eben in den guten alten biblischen Zeiten. Warum den Blick nach vorne wenden, wenn man doch mühelos in der Vergangenheit verweilen kann? Warum Fragen stellen, wenn man schon die Antwort auf alle Fragen besitzt? Warum nach der Wahrheit suchen, wenn man die Wahrheit schon zu kennen glaubt? Wozu das kritische Denken und die Aufklärung, wenn es auch ohne geht?«

»Gute Frage«, sagte ich.

»Der Schabbat-Aufseher blockierte also mit seinem Schlüssel alle elektrischen Geräte in der Küche, ging in das stets für ihn reservierte Hotelzimmer und verrichtete dort seine Gebete, bis der Sabbat vorbei war.«

»In was für einer Welt leben wir eigentlich!?«, fragte ich meinen Freund Yechezkel Deutsch.

»In einer ziemlich verkehrten, durch und durch heuchlerischen, wenn du mich fragst«, erwiderte mein Freund. »Der Aufseher wusste aber nicht, dass Rafat und Fathi, die beiden Köche, eine Kopie des Schlüssels besaßen. Das bedeutete natürlich eine große Erleichterung bei der Arbeit, die sie so auch am Schabbat mithilfe der elektrischen Geräte erledigten. Und bevor der Aufseher wieder kam, um das Schabbatlocksystem freizugeben, hatten Rafat und Fathi schon alles gründlich geputzt. Natürlich wusste auch der jüdische Chefkoch Moti von dem nachgemachten Schlüssel und profitierte zusammen mit seinen arabischen Mitarbeitern davon. Wenn die Gäste gewusst hätten, wie dort mithilfe elektrischen Stroms am Schabbat gekocht wurde, hätten sie das Hotel zweifellos boykottiert. Aber so ein Boykott der religiösen Gäste hätte für das Hotel den Bankrott bedeutet. Soweit ich weiß«, lachte Yechezkel Deutsch, »wird in der Küche bis heute mit dem nachgemachten Schabbat-Schlüssel gearbeitet. Schließlich ist im Lande von Milch und Honig das Koschere so unabdingbar wie die Coca-Cola bei McDonalds.

Eine Grundvoraussetzung.

Eine Lebensnotwendigkeit.

Alpha und Omega.

Alef und Taf.

Anfang und Ende.

Das Wichtigste.

Das Höchste.

Das Notwendigste.

Schalom.

Schabbat.

Schabbat Schalom.«

Ein kühler Kopf

Hellwach, putzmunter und hungrig wie ein Wolf nach diesem koscheren Abend in einem koscheren Hotel klopfte ich am anderen Morgen an Onkel Saubergers Tür. Keine Antwort. Ich klopfte ein weiteres Mal. Keine Antwort. Ich wummerte noch einmal lautstark gegen die Tür. Als sich wieder nichts tat, öffnete ich die Tür und starrte auf ein vollkommen unberührtes, immer noch fein säuberlich gemachtes Bett. Von Onkel Sauberger keine Spur. Ich ging zur Tür von Lothar Matthäus. Auch dort keine Reaktion auf mein Klopfen. Ich drückte die Klinke und spähte durch den Türspalt, durch den mir ein alkoholgeschwängerter Dunst entgegenschlug, wie ich ihn zuletzt vor vielen Jahren einmal in einer Eckkneipe im Hamburger Hafenviertel gerochen hatte. Auf dem breiten Doppelbett lagen bierselig schnarchend mein Boss und Onkel Sauberger, umrahmt von zahlreichen geleerten Bierflaschen, die wie Pokale fein säuberlich auf den beiden Nachtkästchen rechts und links des Doppelbettes aufgereiht standen.

Und irgendwo im Zimmer klingelte unaufhörlich ein Handy. Nach längerem Suchen zog ich es aus der Innentasche des Jacketts von meinem Boss, das über einer Sessellehne hing. »Hallo«, konnte ich gerade noch sagen, als mir auch schon die wütende Stimme des Rabbis das Trommelfell erschütterte. »Na endlich, wurde aber auch höchste Zeit!«, brüllte er in mein Ohr. »Seit Stunden schon versuche ich Sie zu erreichen!« Noch bevor ich etwas erwidern konnte, wütete der Rabbi am anderen Ende weiter. »Nun sagen Sie doch endlich etwas! Was ist denn los bei Ihnen? Warum lassen Sie denn nichts von sich hören? Haben Sie den neuen Spieler? Haben Sie ihn schon gekauft? Wie viel soll er denn kosten?« Seine Stimme dröhnte derart durch den Raum, dass Onkel Sauberger wie von der Tarantel gestochen aus seinem Koma erwachte. Typisch Onkel Sauberger, dachte ich. Konnte saufen wie ein Loch, war aber genauso schnell wieder stocknüchtern, wenn's drauf ankam. Und bewahrte immer einen kühlen Kopf. Er riss seine kleinen, blutunterlaufenen Äuglein auf und bedeutete mir, ihm das Handy zu geben. »Hallo? Rabbi Avramoff?«, brüllte er noch eine Spur lauter als der Rabbi in das Handy. »Nun beruhigen Sie sich doch erst mal!«, rief er – und schien Erfolg damit zu haben. Augenblicklich verstummte der Rabbi am anderen Ende der Leitung, und Onkel Sauberger begann, ihm fachmännisch darzulegen, weshalb der drusische Spieler völlig ungeeignet für Maccabi Netanja war. »Aber machen Sie sich keine Gedanken«, beruhigte er den Rabbi zu guter Letzt. »Ich kenne da, südlich von Hebron, noch ein paar vielversprechende Talente, echte Wüstensöhne, hart im Nehmen, ausdauernd und laufstark. Die werden wir uns heute noch ansehen, und dann melden wir uns wieder, okay?« Noch eine ganze Weile lang polterte die übellaunige Stimme des Rabbis durch den Hörer, bis sich Onkel Sauberger schließlich, die Augen verdrehend, mit unterwürfigen Floskeln von diesem verabschiedete und das Handy ausschaltete.

Dann ging Onkel Sauberger, sich den Schweiß von der Stirn wischend, ins Badezimmer und kehrte mit einer eiskalten Flasche Coca-Cola wieder ins Zimmer zurück. »Nanu, habt ihr etwa auch im Badezimmer eine Minibar?«, fragte ich ihn verwundert. »Mein lieber Junge, die Minibar befindet sich immer noch hier in diesem Schrank, und ich gehe jede Wette ein, dass sie immer noch genauso wenig funktioniert wie gestern Abend. Aber der schlaue Onkel Sauberger kennt eben seine Landsleute und hat deswegen vorgesorgt.« Dann bedeutete er mir, ihm ins Badezimmer zu folgen, was ich, nach einem Blick auf meinen immer noch tief und fest schlafenden Boss auch tat. Im Badezimmer zeigte er mir ein weißes, mit mehreren Antennen bestücktes Plastikgehäuse, das aussah wie die Miniaturausgabe eines UFOs. »Gefällt es dir?«, fragte mich Onkel Sauberger, während er den Deckel öffnete und aus der Kiste eine weitere Flasche eisgekühlter Coca-

Cola entnahm. »Ist ja interessant«, sagte ich, wieder einmal aufs Neue verblüfft davon, was Onkel Sauberger so alles aus dem Hut zauberte. Und wieder einmal beschloss ich, endlich mit der Niederschrift von Onkel Saubergers Geschichten zu beginnen, die zugleich den Beginn meiner neuen beruflichen Karriere als Schriftsteller besiegeln sollte. »Interessant?«, wiederholte Onkel Sauberger und schüttelte fassungslos den Kopf. »Das ist ein Unikum, mein Junge! Man kann es mit einem Akku laden, und es hat eine praktisch unsichtbar kleine Batterie. Und einen Satellitenanschluss hat es auch, dieses geniale Mobilkühlsystem. Von diesem Gerät gibt es weltweit genau zwei Exemplare, und eins davon hab ich, wie du siehst.«

»Und wer hat das andere?«, fragte ich ihn, während er zärtlich mit seinen Wurstfingern über das Gerät strich und es tätschelte wie einen Hund.

»Kannst du dich noch an meinen Freund David Metzger erinnern?«, sagte Onkel Sauberger. Natürlich konnte ich das. Vor allem in jungen Jahren war ich diesem ziemlich oft begegnet. Allerdings hatte ich nie so ganz begriffen, woran besagter David Metzger und Onkel Sauberger immer so geheimniskrämerisch herumgetüftelt hatten. Aber das sollte ich nun in aller Ausführlichkeit erfahren.

»Mein alter Freund David Metzger ist ein Experte, was die Kühlung von Fleisch anbelangt«, erklärte

mir Onkel Sauberger. »Er hat in Sachen Fleischkühlung schon allerhand Preise gewonnen, und so
wie dein Boss im Fußball Weltmeister war, so ist
David Metzger Weltmeister in der Fleischkühlung.
Wenn du so willst, bin ich der Fleischkünstler, also
verantwortlich für den Content, wie das auf Neu-
deutsch heißt, also für das, was in der Wurst am
Ende drin ist, und David Metzger ist der Techniker,
das heißt zuständig für die Software, die man zur
Kühlung der Wurst und anderer Schweinereien be-
nötigt. Entscheidend ist dabei, dass das Fleisch sein
Aroma behält. Eine hohe Kunst, mein Lieber, aber
David Metzger beherrscht sie perfekt. Dieser mobile
Kühlschrank ist der letzte Schrei. Es ist ein Produkt
der Zukunft, und bald wird es so selbstverständlich
sein wie das Auto, das Handy oder der PC. Und
bald wirst du so ein Ding in jedem Laden kaufen
können. Aber dazu ist es noch zu früh. Doch für
einen Kurztrip in die Wüste reicht es allemal. Und
genau da fahren wir jetzt hin, wenn du nichts dagegen hast.« Mit diesen Worten marschierte Onkel
Sauberger zurück ins Zimmer und weckte Lothar
Matthäus aus einem Alptraum, in dem Maccabi
Netanja gerade von lauter drusischen Spielern mit
blutbeschmierten Waden über den Haufen gerannt
wurde.

DAS GROSSE FRESSEN

Gegen Abend erreichten wir nach einer langen Fahrt durch eine zunehmend ungastlichere Wüste endlich den Kibbuz südlich von Hebron, der Onkel Sauberger schon seit vielen Jahren mit Schweinen »von erstklassiger Güte« belieferte, wie er auf den letzten holprigen Kilometern immer wieder betonte, um uns bei Laune zu halten. Allerdings träumte ich in dieser Hitze weniger von einem Schweinebraten als vielmehr von leicht verdaulichem Gemüse und frischem Obst. »Und wisst ihr auch, warum die Schweine dort von erstklassiger Güte sind?«, fragte Onkel Sauberger. Wussten wir natürlich nicht, aber er würde es uns bestimmt gleich verraten. »Weil sie erstens täglich gestreichelt und massiert werden wie sonst nur das Kobe-Rind in Japan, weil sie zweitens täglich mit ausgesuchter Musik bespielt werden, und weil sie drittens ausschließlich von biologisch angebautem Obst ernährt werden.« Augenblicklich erwachte ich aus meiner Lethargie. »Biologisch angebautes Obst?«, fragte ich voller Hoffnung. »Bekommen das dort auch Gäste auf zwei Beinen?«

»Bekommst du, mein Lieber«, sagte Onkel Sauberger. »Ausgezeichnete Kaktusfrüchte und gelbe Pitayas, eine ganz besondere Art der Drachenfrucht, die auch in der Wüste gut gedeiht. Nicht mehr lange, und den Schweinchen werden Flügel wachsen, sage ich euch!«

Als wir das inmitten von meterhohen Kakteen gelegene Gehöft erreichten, bot sich uns jedoch ein ganz anderes Bild, als wir es nach den überschwänglichen Beschreibungen von Onkel Sauberger erwartet hatten. Keine Menschenseele war dort zu sehen, und anstelle von munterem Schweinequieken empfing uns das Gebrumme von bedrohlich dunklen Fliegenschwärmen, die um mehrere Anhänger mit verrottenden Kaktusfrüchten schwirrten.

Onkel Sauberger kratzte sich nachdenklich den Bauch, während er an die Tür eines gepflegt wirkenden Wohnhauses klopfte. Ein in Würde ergrauter Kibuzznik mit großen traurigen Augen öffnete uns, und wenige Augenblicke später lagen er und Onkel Sauberger sich in den Armen, und mir schien, als hätte ich eine wehmütige Träne in den Augen des alten Genossen gesehen.

Ich hatte mich nicht getäuscht. Bei einer Tasse Tee erzählte uns der Kibuzznik von der Tragödie, die das Gehöft seit geraumer Zeit überschattete. Die Schweinchen wollten einfach nicht mehr fressen. Und das trotz aller Streicheleinheiten und Massagen. »Auch auf die Musik im Schweinestall sprechen die Tiere nicht mehr an«, klagte der Alte und sagte in die Richtung von mir und meinem Boss: »Dabei sind sie bei deutscher Klassik immer besonders gut gediehen. Kein Wunder eigentlich, sind ja Schwäbisch-Hällische. Beethoven, Schubert und Brahms haben sie über alles geliebt.« Dann wandte er sich wieder an Onkel Sauberger. »Das war vielleicht ein Kampf mit unseren jüngeren Genossen, die sich, wie du dir vorstellen kannst, zunächst standhaft geweigert haben, deutsche Komponisten in das Schweinestall-Repertoire aufzunehmen. Zum Glück konnte ich mich durchsetzen. Aber so richtig fett sind sie bei den Klängen von Barockmusik nicht geworden. Händel, Telemann und natürlich Johann Sebastian Bach: So viel Schwarte war nie. Aber seht nur selbst, was aus unseren Tieren geworden ist.«

Mit diesen Worten führte der Alte uns durch die hochmodernen Ställe, die es in jeder Hinsicht mit irgendeiner Agrarfabrik in den Vereinigten Staaten hätten aufnehmen können. Keine Spur mehr von jener Hippie-Romantik, die in den 70er- und 80er-Jahren des vergangenen Jahrhunderts noch viele Jugendliche aus der ganzen Welt in das gelobte Land gelockt hatte, um als freiwillige Erntehelfer in irgendeinem der vielen Kibbuzim wenigstens in den Semesterferien der Utopie vom einzig wahren Kommunismus zu frönen. Sommerferien im Sozialismus statt am Badesee, hieß damals die Devise. Lang, lang ist's her. Stattdessen Hightech vom Feinsten. An allen Ecken und Enden funkelten und glänzten Armaturen aus Chrom, die vermutlich zur Reinhaltung der Ställe dienten, und von der Decke baumelten zahlreiche Massagebürsten und -geräte, bunte Bälle und anderes Spielzeug, mit dem sich die Schweine in ihren geräumigen Verschlägen beschäftigen und vergnügen konnten. Nur taten sie das nicht. Stattdessen lagen sie mager, kraftlos und matt in ihren Koben und schauten uns aus traurigen Augen müde an. Erschüttert räusperte sich Onkel Sauberger, als er das Elend sah und schüttelte fassungslos den Kopf.

Nachdenklich kratzte er sich seinen Bauch, als ihm der Alte erzählte, was sie schon alles versucht hatten, um die Tiere zum Fressen zu bewegen. Sie hatten Experten aus anderen Ländern eingeflogen, sie hatten es mit frischen Kräutern, altbackenem Brot und in musikalischer Hinsicht sogar mit amerikanischem Jazz probiert. Doch bislang hatte nichts geholfen. Die Tiere fraßen kaum und blieben so mager, dass man sie nicht verkaufen, geschweige denn schlachten konnte.

Lange hatte man im Kibbuz über mögliche Ursachen diskutiert und gestritten bis zur Heiserkeit.

War es Sabotage?

Waren es Araber?

Vielleicht Juden?

Religiöse Juden, die öffentlich gegen das Schwein ankämpften?

Waren es Christen?

Sabbatisten?

Eine Verschwörung der Monotheisten?

Gar der Kommunisten?

Oder der Bohème aus Tel Aviv?

Der russischen Mafia aus Netanja?

Marokkaner?

Jemeniten?

Rumänen?

Linksextremisten?

Rechtsradikale?

Der Likud-Block vielleicht?

Oder Buddhisten?

Tierschützer?

Die benachbarten Beduinen?

Vielleicht. Möglich. Aber nein, auf keinen Fall! Oder etwa doch? Nichts und niemand konnte ausgeschlossen werden.

Die Lage war ernst, todernst sogar, hing doch die Existenz des ganzen Kibbuz davon ab. Und wollte der Kibbuz überleben, so musste er Profit machen wie alle anderen kapitalistischen Unternehmen auch. Weil es, Utopie hin oder her, immer noch kein richtiges Leben im falschen gab. Und von einem richtigen Leben war man hier gerade meilenweit entfernt. Denn der Rat der Ältesten hatte beschlossen, den Kibbuz-Kindern den Anblick der traurigen Tiere zu ersparen. Die Wahrheit sagen wollte man den Kleinen nicht, die gar nicht begreifen konnten, warum sie nicht mehr zu ihren Spielkameraden, den Schweinchen und Ferkelchen in die Ställe durften. Schwer lastete die Tragödie über dem Gehöft wie eine finstere schwarze Wolke, und die Kibbuzniks schienen samt ihrer Kinderschar in tiefer Lethargie versunken zu sein.

Doch die Zeit drängte. Es musste etwas unternommen werden. Aber was?

Vollkommen in Gedanken versunken ging Onkel Sauberger vor den Schweinekoben auf und ab und kratzte sich immer noch seinen Bauch, als würde ihm ein Ekzem dort zunehmend zu schaffen machen. Ich aber kannte ihn gut genug um zu wissen, dass er mit diesem Kratzen offensichtlich seine grauen Zellen aktivierte. Je mehr er sich kratzte, desto bahnbrechender der Einfall, der ihm in aller Regel danach kam. Das hatte ich schon so oft erlebt, dass ich trotz der desolaten Verhältnisse in diesem Schweinestall zuversichtlich gestimmt war. Während Lothar Matthäus, immer noch gezeichnet von der vergangenen Nacht im kosheren Hotel, leicht paralysiert durch die Gegend wankte. Hatte Onkel Sauberger nicht etwas von einer super Fußballmannschaft gesagt, die sie sich ansehen wollten? Von ›echten Wüstensöhnen‹ hatte er gesprochen, die angeblich hart im Nehmen, ausdauernd und laufstark waren. Genau die Sorte von Jungs, die er so dringend brauchte für seine Trainerkarriere in diesem Land. Stattdessen trieben sie sich nun in einem Schweinestall mit traurig dreinschauenden Ferkeln herum. Lothar Matthäus verstand die Welt nicht mehr. Doch ich wusste, Onkel Sauberger, dem Schweineflüsterer, würde ganz bestimmt etwas einfallen. So viel war sicher.

Unterdessen war die Nacht über uns hereingebrochen, und am Himmel funkelte ein Sternenmeer, wie man es nur noch in der Wüste zu sehen bekommt. Und so saßen wir noch lange draußen und starrten in das Lichtermeer über uns, bis es Zeit zum Schlafengehen war.

»Wisst ihr was«, sagte Onkel Sauberger, als wir uns auf den Weg zum Wohnhaus machten, wo drei Zimmer für uns vorbereitet worden waren, »geht ihr ruhig schlafen. Ich werde die Nacht bei den Schweinen im Stall verbringen. Schlaft gut, ihr beiden.« Dann stapfte er über den dunklen Hof davon. Von meinem Zimmerfenster aus sah ich, wie Onkel Sauberger, bewaffnet mit einer Taschenlampe, zum Auto ging und eine geraume Weile im Handschuhfach des Wagens herumkramte, bevor er im Schweinestall verschwand.

Am nächsten Morgen wurde ich von lauten, aufgeregten Männerstimmen wach. Draußen vor dem Fenster sah ich zahlreiche Kibbuzniks, die eifrig frisch gepflückte Kaktusfeigen und Pitayas Richtung Schweinestall karrten, wo Onkel Sauberger am Stalltor stand und sie zur Eile antrieb.

Hab ich's doch gewusst!, dachte ich triumphierend, und als ich zwei Minuten später den Schweinestall betrat, sah ich tatsächlich lauter hellwache muntere Schweinchen, die mampften, was das Zeug hielt und laut zu quieken begannen, sobald der Trog vor ihren Schnauzen leergefressen war.

»Glückwunsch«, sagte ich und klopfte Onkel Sauberger auf die Schulter. »Wie hast du das wieder hingekriegt?« Doch Onkel Sauberger schüttelte nur unwirsch meine Hand von seiner Schulter. »Später, mein Lieber«, sagte er, »jetzt hab ich grad gar keine Zeit für dich.« Dann winkte er einige Kibbuzniks heran, die im Laufschritt mit weiteren Schubkarrenladungen voller Früchte angetrabt kamen.

Als das große Fressen beendet war und auch wir ein reichhaltiges Frühstück bekommen hatten, machten wir uns auf den Weg zu unserem Auto, vorbei an einem Spalier, das die Kibbuzniks gebildet hatten, um Onkel Sauberger noch einmal zu beklatschen und mit nicht enden wollenden Dankesbezeugungen zu überschütten. Ganz am Ende des Spaliers stand der Kibbuz-Älteste, der Onkel Sauberger mit Tränen der Rührung in seine Arme schloss. »Danke dir, mein Lieber«, sagte er, »du hast uns vor dem Ruin bewahrt.«

»Ach, bevor ich es vergesse«, sagte da Onkel Sauberger, zog eine CD aus seiner Hosentasche und steckte sie dem Alten unauffällig zu. »Nur für den Fall, dass sie wieder mal nicht fressen wollen, die Schweinchen.«

Nachdem die winkenden Kibbuzniks hinter einer Wolke aus Wüstensand verschwunden waren, wagte ich es endlich, die Frage zu stellen, die mir schon seit den frühen Morgenstunden auf der Zunge brannte.

»War gar nicht so schwer«, antwortete Onkel Sauberger. »Ich hab ihnen einfach die richtige Musik vorgespielt.« Dabei lächelte er so breit wie das sprichwörtliche Honigkuchenpferd.

»Nun komm schon, mach's nicht so spannend«, nörgelte ich. »Was hast du ihnen denn vorgespielt?«

Statt mir zu antworten, stellte Onkel Sauberger eine Gegenfrage. »Kannst du ein Geheimnis für dich behalten?«

Ich schwor, so albern mir das auch vorkam, bei allem, was mir heilig war, nur um endlich zu erfahren, was mich die ganze Zeit schon so brennend interessierte. Bis sich Onkel Sauberger endlich meiner erbarmte.

»Richard Wagner hab ich den Schweinchen vorgespielt, aber dagelassen hab ich nur die Ouvertüren, damit der Alte keinen Ärger mit seinen Genossen kriegt.«

Nach der katastrophalen Fahrt durch das Karmel-gebirge, die offensichtlich nicht nur mir den Angst-schweiß auf die Stirn getrieben hatte, übernahm nun Onkel Sauberger das Steuer, und so schnurrten wir wie am Schnürchen durch die Wüste, die uns dank der Klimaanlage des formidablen Mercedes und dank Onkel Saubergers Mobilkühlschrank mit Satellitenanschluss weiter nichts anhaben konnte. Während draußen die monotone Landschaft vor-beizog, hatte ich endlich die nötige Muße, mir erste ernsthafte Gedanken darüber zu machen, wie ich die Geschichte von Onkel Sauberger erzählen sollte …

Er ist ein Charmeur. Sein Familienname lautet Sauberger, aber die meisten nennen ihn einfach Onkel Sauberger. Warum, weiß eigentlich kein Mensch. Wohl deshalb, weil es einfach zu ihm passt.

Die Frauen lieben ihn. Und er liebt die Frauen. Obwohl er kein Casanova ist. Und eine Schönheit im landläufigen Sinn ist er schon gar nicht. Er ist ein bisschen übergewichtig, seine Haare sind schon etwas schütter, und erste Lachfältchen beginnen sich um seine hellwachen Äuglein auszubreiten. Doch gehört er zu denjenigen, die mit ihrem unwiderstehlichen Charme und ihrer positiven Ausstrahlung jeden Schönheitsfehler doppelt und dreifach wieder ausbügeln. Außerdem ist er ein wahrer Gentleman, ein Mann von makellosem Charakter, von Charisma und im Besitz einer geheimnisvollen Vitalität, mit der er die Menschen wie ein Magnet in seinen Bannkreis zieht. Also ist er doch eine Schönheit, nicht äußerlich, sondern ganz tief drinnen.

Kann man Schönheit essen?, fragte eine Pillenfirma in früheren Jahren die Frauen in jeder Illustrierten und beantwortete in ihrer Werbung gleich selbst die Frage mit einem eindeutigen Ja. Ja, Schönheit kann man essen, behaupte auch ich, zumindest, wenn es um Onkel Sauberger geht. Doch braucht Onkel Sauberger keine Pillen dazu. Denn Onkel Sauberger hat eine kardinale Schwäche für Schweinefleisch, der er mit beinahe schon obsessiver Leidenschaft frönt. Schweinefleisch macht ihn glücklich wie nichts sonst auf dieser Welt. Es stimmt ihn fröhlich und macht ihn vital, ganz gleich ob in Form einer scharf gewürzten Blutwurst, eines in Wacholder geräucherten Schinkens oder eines mit Knoblauch gespickten Bratens. Schweinefleisch ist in einem Wort sein Lebenselixier, sein Lebensglück, von dem alle Menschen in seiner Umgebung profitieren. Wie es dazu gekommen ist, will ich im Folgenden erzählen.

Onkel Sauberger wurde im siebenbürgischen Rumänien geboren. Noch während der kommunistischen Diktatur unter Nicolae Ceauşescu war er nach Israel ausgewandert, ausgerechnet in ein Land, in dem Schweinefleisch als unrein betrachtet wird, als nicht koscher. Und ausgerechnet in diesem schweinefleischfeindlichen Land, wo Milch und Honig fließen, machte Onkel Sauberger eine glänzende Karriere im Schweinefleischgeschäft.

Wie so oft in seinem Leben verstand er es, fröhlich und vollkommen unbeschwert aus jedem Nachteil einen Vorteil für sich (und andere) zu ziehen. Typisch Onkel Sauberger.

Erlernt hat er sein Metier im Land des Fürsten

Dracula, wo er das Wissen vieler Generationen von Schweinefleischkennern förmlich in sich aufsog wie ein ausgetrockneter Schwamm. Dort verbrachte er viele Monate bei rumänischen Bauern in den entlegensten Käffern der Karpaten, wo er die traditionsreiche Art der Zubereitung von Würsten und Speck aufs Vortrefflichste studieren konnte. Im rumänischen Moldawien schloss er Freundschaften rund um das Fleisch. Er besuchte Bessarabien und die Bukowina, Bulgarien, die damalige Sowjetunion und das ehemalige Jugoslawien. Im Banat und in der Walachei wurde ihm die Vielfalt des Schlachtens beigebracht. So traf er in frühen Jahren schon die Schlachtexperten der unterschiedlichsten Volksgruppen, der Székler und der Tschangos, der rumänischen Romas und der Sachsen. Nicht zu vergessen die Schwaben, von denen er lernte, aus möglichst wenigen Zutaten möglichst viele Wurstsorten zu zaubern. Am Ufer der Donau ruhte er sich aus und machte sich Gedanken über die authentische traditionelle rumänische Küche, über mititei und cârnaţi. Am Schwarzen Meeres badete und grillte er. Trank nach seiner Meinung die beste Suppe der Welt, ciorbă de burtă, und dazu rumänischen Pflaumenschnaps, ţuică. Rumänien bereiste er besonders gründlich. Von den nördlichen Bundesländern – judeţi – bis zu den südlichsten. Von Satu Mare bis nach Constanţa. Von Cluj nach Iaşi. Von Braşov nach Timişoara. Von Piteşti fuhr er oft mit seinem Dacia nach Bukarest. Manchmal wurde er auf Draculas Schloss Bran eingeladen, wo er viele Tage und Nächte verbrachte, in denen er zahlreiche Mitglieder der kommunistischen Partei sowie Minister und Funktionäre kennenlernte, die seine Kunst offenbar zu schätzen wussten. Und nachdem er eine längere Zeit in großen Fabriken zum Wohl des Volkes gearbeitet hatte, genehmigte ihm das Regime sogar einen längeren Aufenthalt zur Weiterbildung im benachbarten Ungarn. Vor seiner Abreise wurde er jedoch nach Bukarest beordert, wo er für die Familie Ceaușescu kochen sollte. Bangen Herzens fuhr er hin. Doch der rumänische Diktator und seine Frau waren höchst zufrieden mit seinen mămăligă und pălăcintă, und als der Chef des rumänischen Geheimdienstes, der von allen gefürchtete Securitate, ihm nach dem oppulenten Mahl aufmunternd zuzwinkerte, war Onkel Saubergers Erleichterung groß. Es hätte auch ganz anders kommen können.

In Ungarn sollte er eine völlig neue Sichtweise auf den Prozess der Fleischzubereitung und die Magie der Gewürze kennenlernen. Die für manch unerfahrene Ohren viel zu synkopisch-kakophonisch klingende, die von allen schwierigste Sprache, die ungarische, beherrschte er von Haus aus; es war seine Muttersprache. Diese Sprache liebte er über alles, diese höchstwahrscheinlich aus der Steppe der Mongolei stammende Sprache kam ihm immer wie die allerschönste Sprache von allen vor. Die Sprache von Ady, Kosztolányi, Márai, Arany, József und das heimische Paprika bedeuteten ihm die ganze Welt. Beim Lagerfeuer mit ungarischen Bauern lernte Onkel Sauberger ein perfektes Gulasch zu machen – was auf Ungarisch pörkölt heißt. Dazu prosteten sich gut gelaunte Männer mit Wein oder mit ungarischem Schnaps, Pálinka genannt, zu. Dazu erzählten sie Geschichten, lachten, tranken und aßen.

Dort, in der flachen Puszta, nicht weit vom Plattensee entfernt, sollte sich Onkel Saubergers Talent in seinem ganzen Ausmaß zum ersten Mal entfalten, und so machte er sich zunächst in den östlichen Städten Ungarns einen Namen, später dann auch in der Hauptstadt Budapest. Aus dem dreimonatigen Aufenthalt sollten mehrere Jahre werden, die Onkel Sauberger in den verschiedenen Teilen des Landes der Magyaren verbrachte. So war nicht nur sein Name, sondern auch sein köstliches Schweinefleisch schon bald in aller Munde.

Wie besessen lernte er weiter, wurde oft um Rat gefragt und genoss ein hohes Ansehen. In diesen Jahren brachte er es in Sachen Fleischwürzung zu großer Perfektion. Das typisch Sauberger'sche, *der Geschmack des ewigen Fleisches*, wie einige Experten es nannten, war geboren, und er selbst wurde – zumindest in Osteuropa – in Sachen Schweinefleisch zur Legende.

Doch Onkel Sauberger war das nicht genug. Er wollte seine Fähigkeiten weiterentwickeln, den Speckschwarten des so sehr geliebten Schweinefleischs noch weitere Geheimnisse entlocken, doch dazu musste er den damals noch existierenden Eisernen Vorhang überwinden.

Als Jude konnte er das Land zwar legal verlassen, dennoch sollte es noch Jahre dauern, bis seine endgültige Entscheidung zum Auswandern tatsächlich auch Flügel bekam. Das Problem waren Onkel Saubergers alte Eltern, die er nicht gern alleine lassen wollte. Erst als beide gestorben waren, fuhr er nach Bukarest, wo er die Papiere für die Reise nach Israel einreichen musste.

Nun konnte kommen, was da wollte, Onkel Sauberger war bereit.

Mit großen, sicheren Schritten bestieg er die Gangway zum Flugzeug. Wie ein König saß er dort in seinem Sitz und lächelte sein unvergleichliches, typisches Lächeln. Ein Onkel-Sauberger-Lächeln eben.

Wenige Stunden später fand er sich in einem anderen Teil der Welt, im Nahen Osten wieder. Eine andere Sprache, eine andere Kultur, andere Gewohnheiten, ein anderes Klima. Andere Menschen, andere Produkte. Viele Fleischprodukte. Viel Geflügel, viel Lamm und auch viel Rind. Aber so gut wie nichts – vom Schwein. Onkel Sauberger biss die Zähne zusammen.

Und es dauerte nicht lange, bis sich seine Kunst der Fleischzubereitung bei den Schweinefleischkonsumenten im Lande Kanaan herumgesprochen hatte. Auch in den benachbarten Ländern wurde man auf Onkel Sauberger aufmerksam, obwohl dort nur wenig Schweinefleisch konsumiert wurde. Insbesondere die Christen, für die der Schweinefleischverzehr wenn auch nicht religiös, so doch zumindest identitätsstiftend war, sahen in ihm einen Verbündeten. So wurde er in vielen christlichen Gemeinden ein gern gesehener Gast. Es waren aber nicht nur die Christen, die ihn respektierten und bewunderten, nein, es waren auch diejenigen unter den Juden, die wenig mit den rabbinischen Gesetzen am Hut hatten. Sogar einige Muslime gab es, die heimlich Onkel Saubergers Schweinereien vernaschten.

Die größten Geschäfte machte er natürlich mit den Agnostikern und den Atheisten, die frei von allen Vorurteilen aßen, was immer ihnen schmeckte. Aufmerksam hörten sie ihm zu, wenn er über die Vorzüge des Schweinefleischs dozierte, das so viel Eisen und in seinen Augen unverzichtbare Vitamine enthielt. Nichts gegen vegetarische Kost, pflegte er stets anzumerken, die halte er weder für falsch noch für blasphemisch, allenfalls für problematisch. Schließlich wären die Menschen ja wie die Bären Allesfresser. Fleisch bedeute Energie und

102

Gesundheit. Poesie und Freiheit. So Onkel Sauberger. Wer auf Fleisch verzichten wolle, könne das gern tun. Er aber wolle auf Paprikasalami, die nach seinem Empfinden wie ein Stück vom Himmel schmecke, nicht verzichten. Das sei sein gutes Recht. Jeder habe schließlich nicht nur das Recht, sondern geradezu die Pflicht, auf seine Weise für sein eigenes Wohlbefinden zu sorgen. Die einen täten dies mit Grünzeug, Obst und Salat, er tue das mit Fleisch. Vornehmlich mit Schweinefleisch. »Wenn es mir gutgeht«, pflegte er zu sagen, »geht es auch den anderen gut.« Wie recht er damit hatte, konnte ich noch viele Male aus eigener Anschauung miterleben.

Die Wüste ist ein gefährlicher Ort

Als wir nördlich des Gazastreifens auf die Autobahn Richtung Norden abbogen, läutete in Lothar Matthäus' Jackett das Handy und riss mich aus meinen Gedanken. »Gib mir dein Telefon«, sagte Onkel Sauberger, und das in einem Tonfall, der keinen Widerspruch duldete. »Mein lieber Rabbi«, säuselte er sodann drei Tonlagen höher in das Handy, »wie schön, dass Sie uns anrufen!«

Ich konnte es wieder einmal nicht fassen. Erstens: Wie hatte er nur gerochen, dass es Rabbi Avramoff war, der da gerade anrief? Es hätte doch genauso gut eine von den vielen Schönheiten sein können, die meinem Boss immer noch in hellen Scharen hinterherliefen. Zweitens: Wie schaffte er es nur, jeder bedrohlichen Situation augenblicklich mit ein paar wenigen Worten ihre Schärfe zu nehmen? Höchste Zeit, dachte ich, endlich seine Geschichte zu Papier zu bringen. Und ich war froh, zumindest in Gedanken schon einen ersten Anfang gemacht zu haben. Sobald wir wieder in Netanja wären, würde ich diese niederschreiben. Das würde es mir auch leichter machen, die bevorstehende Kündigung meines Bosses und somit auch meinen eigenen Jobverlust zu verkraften. Denn die Aussicht, irgendwo in die-

sem Land einen vernünftigen Mittelfeldspieler auf-
zutreiben, hatte ich längst aufgegeben.

»Leider, leider«, seufzte Onkel Sauberger mit auf-
gesetzter Trauermiene in das Handy, »wurden die
Spieler, die wir uns gestern ansehen wollten, von einer Epidemie ergriffen ... Ja, Sie haben richtig gehört
... die Wüstensöhne liegen allesamt darnieder ...
Weshalb? Nun, das weiß man noch nicht so genau,
eventuell sind sie den Salmonellen zum Opfer gefallen. Jedenfalls hängen sie gerade ziemlich in den Sei-
len, können nicht mehr essen und trinken und sind
müde und matt ... Nein, wie deren Trainer mir sagte,
werden sie in dieser Saison wohl nicht mehr auf die
Beine kommen. Aber hören Sie, Rabbi Avramoff, da
gibt es heute Nachmittag noch ein Lokal-Derby von
einigen vielversprechenden Drittligisten in Tel Aviv.
Wir sind schon auf dem Weg dorthin und geben Ihnen Bescheid, sobald wir fündig geworden sind.«

Wie ich Onkel Sauberger kannte, würden wir
uns unter der sengenden Sonne von Tel Aviv ganz
gewiss kein ödes Fußballspiel irgendwelcher unbe-
deutender Drittligisten ansehen. Vielmehr würden
wir, wie schon so oft in den vergangenen Jahren,
an der Promenade vom alten Hafen in Jaffa in die
neue Metropole von Tel Aviv flanieren. Vielleicht
auch in umgekehrter Richtung.

Auf diesen langen Spaziergängen – die schon zu
einem Ritual geworden waren, wann immer On-

kel Sauberger und ich uns im Land von Milch und Honig trafen – hatte ich erst so recht begriffen, was eigentlich das Besondere an Onkel Sauberger war. Zum einen war er ein begnadeter Geschichtenerzähler, zum anderen konnte er mit einer unglaublichen Leichtigkeit auch über allerschwierigste Themen reden. Das machte ihn, der nie eine Universität von innen gesehen hatte, zu einem großartigen Lehrer und Meister in all jenen Dingen, die im Leben wirklich zählten. Seine Intelligenz hatte ihren Sitz weniger in seinem Kopf als vielmehr in seinem Bauch, wo vermutlich auch seine Seele ihren Sitz hatte, warm und weich in eine Hülle aus feinstem Speck gebettet. Von dort gingen all seine Gedanken aus, die so natürlich und plausibel klangen, so bar jeglicher Theorie, dafür strotzend vor praktischen Lebensweisheiten, denen man sich nicht entziehen konnte.

Auf der Strandpromenade waren, vermutlich wegen der Hitze, nicht allzu viele Leute unterwegs, was uns jedoch nach der langen Fahrt und den anstrengenden vergangenen Tagen nur recht war. Und so schritten wir gemächlich dahin, lauschten den plätschernden Wellen und gingen von Zeit zu Zeit in eine Bar, um uns zu erfrischen.

Dort, unter schattenspendenden Palmen und bei einem kühlen Bier erzählte uns Onkel Sauberger von seinem Besuch bei den Beduinen in der Wüste Negev.

»Als ich vom israelischen Metzger-Verband dorthin geschickt wurde – die haben mich doch tatsächlich in die Wüste geschickt!«, fügte er lachend
hinzu, »war ich natürlich mächtig gespannt auf
die Schlachtmethoden dieses Nomadenvolkes, die
ich dort quasi live studieren konnte. Obwohl sie
von Schweinen und deren Zubereitung keine Ahnung haben, weil für sie ebenso wie für die Juden
das Schweinefleisch tabu ist, das Tabu schlechthin.
Aber ich dachte darüber nach, ob ihre Art und Weise, Kamele, Schafe und Ziegen zu schlachten, auch
auf das Schwein anwendbar war.

Jedenfalls war ich ziemlich aufgeregt, als ich in
die Wüste kam, wo die Beduinen mich mit offenen
Armen empfingen und mit großer Freundlichkeit
in ihr Zelt führten.

Für ihre Gastfreundschaft sind diese Wüstenbe-
wohner ja schon seit Jahrtausenden bekannt. Und
eines kann ich euch schon mal sagen: Solltet ihr
euch je in der Wüste verirren und zu so einer No-
madensiedlung kommen, dann könnt ihr sicher
sein, dass euch dort geholfen wird. Ihr werdet zu
essen und zu trinken bekommen und alles andere,
was ihr dort zum Überleben braucht. Schließlich
ist die Wüste, auch wenn das im Fernsehen nie so
rüberkommt, einer der gefährlichsten Orte überhaupt. Die Wüste ist kein Spielplatz, wie mir ein
alter Beduine mal gesagt hat.

Jedenfalls kochten mir die Nomaden erst mal einen Kaffee und erzählten mir dann Witze über israelische Politiker, besonders über den ehemaligen Außenminister David Levy, der immer gleich beleidigt war. Na ja, geschadet haben ihm die Witze offensichtlich nicht, denn er hat immerhin zehn Regierungen überlebt. Oder noch mehr. Egal, ich zähl schon gar nicht mehr mit.

›Der Berber Levy‹, sagte einer der jüngeren Beduinen im Zelt, ›kann gut Französisch, weil er ja aus Marokko stammt, aber Englisch kann er kaum. Alles, was er auf Englisch sagt, ist falsch, wahrscheinlich auch nicht falscher als das, was er auf Hebräisch sagt. Aber zumindest klingt es noch viel fürchterlicher. Einmal war er, David Levy, mit seiner Frau in New York und hörte auf der Straße kleine Kinder reden. Da sagte David Levy zu seiner Frau: Schau mal, so kleine Kinder, aber sie sprechen schon Englisch!‹«

Lothar Matthäus, jawohl, mein Boss musste derart lachen, dass er sich beinahe an seinem kühlen Bier verschluckt hätte. Und Onkel Sauberger musste ihm mehrere Male heftig auf den Rücken klopfen, bevor er weitererzählen konnte.

»Die Beduinen wussten unglaublich viele Witze über David Levy, ausschließlich Witze über ihn. Und ich Ahnungsloser musste erst mal in die Wüste fahren, um zu erfahren, wie viele Witze es über diesen erbärmlichen Politiker gibt. Ist das nicht verrückt? Aber dann haben mir die Beduinen noch etwas erzählt, das dir, mein Lieber, auch dir passieren könnte.« Onkel Sauberger deutete mit ausgestrecktem Zeigefinger auf meine Brust.

»Mir?«, fragte ich ganz erstaunt. »Warum ausgerechnet mir?«

»Ja, dir, mein Lieber, *dir*«, sagte Onkel Sauberger. »Warum, wirst du bald verstehen.«

»Wenn du meinst«, sagte ich.

»Die Beduinen erzählten mir, dass vor vielen Jahren einmal ein schon beinahe toter Engländer in der Wüste gefunden wurde. Der Engländer war tagelang ohne Essen und Trinken in der Wüster umhergeirrt. Und die Nomaden haben ihn praktisch vor dem sicheren Tod bewahrt. Auf einem Kamel haben sie ihn zu ihrer Oase transportiert. Und dort haben sie ihn aufgepäppelt mit allem, was das Herz begehrt. Der Engländer überlebte. Noch eine weitere Stunde in der Wüste wäre sein sicherer Tod gewesen. Wie knapp er dem entkommen war, das wusste er. Und die Beduinen wussten es auch. Deswegen wurden, als er über dem Berg war, einige Ziegen und Schafe geschlachtet. Und es wurde gefeiert. Der Engländer wurde gefeiert. Das Leben wurde gefeiert, und zwar im großen orientalischen Stil.

Stundenlang wurde gegessen, und das mit der rechten Hand, denn die Linke ist ausschließlich für Reinigungszwecke zuständig. Das ist bis heute so.

Die rechte ist die reine Hand, während die linke die unreine ist. Dies wurde dem Engländer erklärt. Der Gast gehorchte und aß ebenfalls nur mit seiner Rechten. Alle aßen mit ihrer rechten Hand, die linke ruhte. Bis rhythmische Musik ertönte, begleitet von rhythmischem Klatschen, erzeugt von der reinen und der unreinen Hand. Die Schlangen tanzten, und die Beduinen tanzten. Man verlor sich in der orientalisch bunten Festlichkeit.

Bei diesem Wüstenvolk allerdings muss sich jeder Besucher für das Essen mit einem Rülpsen bedanken. Nach dem Essen muss man rülpsen. Unbedingt. Einen Ton der höchsten Zufriedenheit von sich geben. Quasi als Zeichen der Wertschätzung und der Dankbarkeit. Dies wurde dem Engländer nun gestikulierend erklärt. Es wurde ihm vorgemacht. Mehrere Male zeigte man ihm, was er nun, nach dem Feiern, nach dem Essen tun musste. Rülpsen. Hemmungslos. Kompromisslos. ›So‹, sagten die Beduinen. ›So muss man es tun.‹ Und sie rülpsten. ›Jetzt du‹, sagten die Beduinen zu dem Engländer. ›Mach schon‹, sagten sie zu ihm. ›Los geht's! Rülps! Rülpsen!‹

Der Engländer gab sein Bestes. Die Beduinen waren fassungslos. Sie rülpsten und rülpsten, sie zeigte dem Engländer, wie man am besten die tiefsten Töne aus dem Bauch herausholte. Sie erklärten es ihm theoretisch. Pantomimisch. Praktisch zeigten sie es ihm, ein ums andere Mal. Stundenlang zeigten sie es dem

Engländer. Die Beduinen konnten es nicht fassen. Dass der Engländer so undankbar war. Dass er nicht einmal rülpsen konnte. Die Feierlaune schlug um in Wut und Zorn. Aus dem Gelächter wurde Geschrei. Der Engländer wurde unruhig. Zitternd versuchte er zu rülpsen. Es gelang ihm. Nein. Es gelang ihm nicht. Fast, aber nicht ganz. Er versuchte es immer wieder, denn er wollte nicht undankbar sein. Schließlich hatten die Beduinen sein Leben gerettet. Ihn vor dem sicheren Tod bewahrt. Er versuchte es. Immer wieder versuchte es der Engländer. Einige Male schien es sogar so, als ob er es schaffen könnte. Die Beduinen erklärten es ihm nochmal und nochmal. So muss er das machen, nicht so, sondern so. Und sie zeigten es ihm, immer wieder rülpsten sie ihm vor, um ihn herum, in sein Gesicht. Überall rülpste es. Alle rülpsten. Die ganze Wüste war nichts als ein Rülpsen aus tiefster Kehle. Nur die Bleichhaut rülpste nicht.

Sie, die Beduinen, wollten es aber von ihm, von ihrem bleichen englischen Gast hören.

Pflichtbewusst probierte dieser es noch einmal.

Und noch einmal.

Er gab nicht auf.

Sein bleiches Gesicht wurde rot.

Verzweifelte Töne erhoben sich über dem Wüstensand.

Der Engländer lachte.

Die Beduinen lachten nicht.

›Und?‹, fragte der Engländer.

›Und was?‹, sagten die Beduinen.

›Ich habe es geschafft.‹ Der Engländer hatte sich geirrt.

›So, nicht so‹, sagten sie zu ihm. Die Beduinen lachten. Der Engländer probierte alle möglichen Rülpstechniken, die seine Gastgeber ihm vormachten. Das ganze breite Spektrum menschlicher Kehllaute wurde ihm vorgeführt. Jahrtausendalte Geheimnisse wurden ihm offenbart. Der Engländer gab sein Bestes. Er wollte rülpsen. Unbedingt. Rülpsen. Er wollte nichts anderes als das. Einen tiefen Ton der Dankbarkeit von sich geben. Wie ein Vulkanausbruch sollte es klingen. Er gab alles, was er hatte, der Engländer. Vergeblich. Es gelang ihm nicht. Stundenlang hatte er es versucht. Nichts. Gar nichts. Nur ein leiser Furz ertönte in der Stille der Nacht. Den aber wollte niemand hören. Die rettenden Töne kamen jedoch nicht. Trotz aller Versuche, trotz aller Geduld der Beduinen. Es kam einfach nichts. Alle waren enttäuscht. Der Engländer war von sich selber enttäuscht und am Ende seiner Kräfte. Er würde es nie schaffen. Das war dem Engländer klar. Das war den Beduinen klar. Allen war es klar. Der Engländer konnte nicht rülpsen. Er konnte sich für die Großherzigkeit seiner Retter nicht bedanken. Eine unerhörte Beleidigung. Ein nicht hinnehmbares Verhalten. Eine Schande.

Das Problem bestand darin, so erklärte mir der Beduine, dass der Engländer einfach nicht rülpsen *konnte*. Er war dazu einfach nicht in der Lage.

Noch einmal wurde er gebeten, es zu probieren, denn es gehöre sich einfach nicht, am Tisch der Beduinen zu sitzen und nicht zu rülpsen.

Sie gaben ihm noch eine allerletzte Chance. Alle musterten den bleichen Engländer. ›Nimm diese letzte Chance wahr‹, sagten sie zu ihm in einem drohenden Tonfall. Das Zeichen der Dankbarkeit in Form eines Rülpsens. Das war eine Wüstensitte. Das wollten sie hören. ›Rülpse‹, sagten die Beduinen zu dem Engländer. Nichts half. Er schaffte es nicht. Der Engländer war unfähig, das zu tun, was von ihm erwartet wurde.

Ob er das Essen nicht genossen habe, wurde der Engländer immer wieder gefragt. Der Engländer sagte, doch, das Essen sei über alle Maßen gut gewesen, sie, die Beduinen hätten sein Leben gerettet, und er würde ihnen immer dankbar sein.

›Dann musst du rülpsen‹, sagten die Beduinen zu dem Engländer, ›sei dankbar und rülpse, so wirst du uns zeigen, dass du uns dankbar bist, dass wir dein Leben gerettet haben.‹ Die feierliche Stimmung kippte immer mehr, wurde aggressiv, und die dunklen Augen der Beduinen begannen wild zu funkeln vor Zorn.

Der Engländer aber konnte einfach nicht rülpsen, also ergriff einer der Beduinen einen Stein und schlug diesen dem Engländer auf den Kopf. Blut ergoss sich in den hellen Sand. Totenstille legte sich über die Wüste. Ein kalter Wind wehte. Das Heulen eines Schakals erklang in der Ferne. Tot lag der Engländer vor den Beduinen im Staub.«

Betretenes Schweigen vonseiten meines Bosses Lothar Matthäus und mir.

»Verstehst du jetzt?«, sagte Onkel Sauberger nach einer geraumen Weile zu mir.

»Ja«, sagte ich, »jetzt verstehe ich.«

»Du kannst auch nicht rülpsen«, stellte mein Onkel fest. »Du sollst bei den Beduinen nichts essen und nichts trinken, denn du kannst es nicht.«

»Das ist wahr«, sagte ich, »ich kann nicht rülpsen.«

»Daher darfst du unter gar keinen Umständen in der Wüste verloren gehen und von Beduinen gerettet werden. Denn sie werden dir Speisen zubereiten, dir zu trinken geben, sie werden alles für dich tun, aber sie werden von dir erwarten, dass du deine Dankbarkeit mit einem Rülpsen bezeugst. Also pass gut auf dich auf, mein Lieber, und fall nicht hungrig und durstig in die Hände der Beduinen. Du wirst Spaß haben, gut essen und trinken und viele Witze über David Levy hören, du wirst lachen und dankbar sein, und dennoch wirst du sterben.«

Ich lachte. Lothar Matthäus lachte. Onkel Sauberger lachte. Wir lachten in einer Bar am Strand von Tel Aviv und tranken den letzten Schluck warm gewordenes Bier im Gedenken an einen unbekannten blassen Engländer, bevor wir uns auf den Rückweg nach Jaffa machten.

Ergo sum

Die Sonne hatte den Höchststand längst überschritten, und der Strand wurde nun zunehmend von Familien bevölkert, die dort auf ausgebreiteten Decken Picknick machten. An ihren Kopfbedeckungen konnte man auf einen Blick erkennen, ob es jüdische, christliche oder muslimische Familien waren. Schön anzuschauen, wie sich da alle an ein und demselben Strand versammelten. Allerdings saßen sie streng nach ihrem jeweiligen Glauben voneinander getrennt, als hätte jemand unsichtbare Zäune hochgezogen.

Auch Onkel Sauberger hatte seinen mobilen Kühlschrank mit Satellitenanschluss aus dem Auto geholt und breitete nun unwiderstehliche Köstlichkeiten auf einem weißen Tuch aus. Wir langten alle kräftig zu, während wir unsere Blicke über das paradiesische, von Palmen gesäumte Strandidyll schweifen ließen.

»Hier könnt ihr mal sehen, warum das mit dem Frieden im Nahen Osten in absehbarer Zeit nichts wird«, bemerkte Onkel Sauberger. »Da sitzen sie alle unter derselben Sonne am selben Strand und essen – einmal abgesehen von Schweinefleisch – im Wesentlichen sogar dieselben Dinge, und dennoch beharren sie darauf, dass ihre jeweilige Religion die einzig wahre ist. Und ich sage euch eines: Lieber verdrücken sie ihre Brotzeiteier ungewürzt, als sich von andersgläubigen Strandnachbarn den Salz- und Pfefferstreuer auszuleihen.«

»Vielleicht wäre die Welt ja tatsächlich eine bessere ohne die ganzen Religionen«, sinnierte ich, »aber der Mensch will anscheinend glauben, egal ob das, woran er glaubt, tatsächlich glaubwürdig ist oder nicht. Unerschütterlich ist er, der Glaube der Menschen.«

»Fürchterlich, meinst du?«, hakte Onkel Sauberger nach.

»Unerschütterlich«, korrigierte ich ihn. »Der Glaube der Menschen ist unerschütterlich. Also wichtig, ungeheuer wichtig.«

»Ach so«, sagte Onkel Sauberger und steckte sich ein kleines Stück Speck in den Mund. Er kaute wie immer sehr langsam, und man konnte ihm förmlich ansehen, wie er sich den Speck mit all seinen feinen Aromen auf der Zunge zergehen ließ.

»Glaubst du etwa nicht, dass es so ist?«, fragte ich ihn.

»Doch, doch, ich glaub das auch«, sagte Onkel Sauberger.

»Du bist also meiner Meinung, lieber Sauberger?«, fragte ich.

»Ich weiß nicht, mein Lieber, du willst immer mit mir philosophieren«, erwiderte Onkel Sauberger. »Das Philosophieren empfinde ich aber nur in ganz wenigen Ausnahmefällen als gesunde Tätigkeit. Schließlich hat das Philosophieren nur selten etwas mit dem Leben zu tun. Gründe und Ursachen werden gesucht. Beweisführungen werden unternommen. Deduktionen und Induktionen. Vernunft und Emotionen. Und vieles mehr. Danach wird alles bezweifelt, in Frage gestellt. Paragrafen, Sätze. Sätze über Sätze reihen sich aneinander. Die Sätze halten einander die Hand, lieben einander, bis sie einander hassen. So sehr hassen, dass sie auseinanderfallen. Sie widersprechen einander auf alle möglichen Arten und Weisen. Und wie beim Domino fällt ein Satz nach dem anderen in sich zusammen.«

»Aber wir können das Denken nun mal nicht lassen«, sagte ich. »Ich denke, also bin ich, heißt es schon seit mehreren Jahrhunderten. Und wir hegen und pflegen diese Erkenntnis wie einen besonders guten Jahrgangswein.«

»Ein philosophisches Relikt«, winkte Onkel Sauberger ab, »das mich eher an die napoleonischen Weine erinnert, die man kürzlich in einem alten Kellergewölbe entdeckt hat. Manche bieten ein ganzes Vermögen für so eine Flasche, aber letztlich weiß kein Mensch, ob der Inhalt überhaupt noch genießbar ist. Wenn man Pech hat, kann man damit nicht einmal mehr den Salat anmachen. Hauptsache, geschichtsträchtig, als handle es sich um einen Schatz. Aber was sagt uns dieser Satz?«

»Viele halten ihn für *die* philosophische Wahrheit schlechthin«, erwiderte ich. »Seit Jahrhunderten wird dieser uralte Satz wiederholt wie ein Mantra, leise, wenn das Wetter schlecht ist und lauter, wenn das Wetter etwas besser ist. Bei einem Kamingespräch funktioniert er fabelhaft. Natürlich auch in den Schulen, besonders in den Hochschulen, selbst im Fernsehen und im Radio kriegt man ihn zu hören. Die Medien lieben diesen Satz wie keinen anderen, die Politiker und die Rhetoriker ebenso. Alle lieben ihn. Schließlich steckt in diesem Satz quasi die ganze Philosophie. Die ganze Philosophie in einem einzigen Satz, stell dir das mal vor! Wo sonst ist das Denken mit der Existenz derart verknüpft? Fünf Worte, und damit ist alles gesagt. Wenn du dir die lateinische Version anschaust, sind es sogar nur drei: Cogito ergo sum. Die ganze Wahrheit in so wenigen Worten. Und weil es die Menschen gern einfach und kompakt haben, repetieren sie diesen Satz, wann immer ihnen danach ist: Ich denke, also bin ich.«

»Und ich sage: Ich esse, also bin ich«, sagte Onkel Sauberger.

»Wie bitte?«

»Ich esse, also bin ich«, sagte Onkel Sauberger.

»Ich denke, also bin ich!«

»Das sagst du, mein Lieber«, sagte Onkel Sauberger. »Ich sage etwas anderes.«

»Du sagst also: Ich esse, also bin ich? Ist das dein voller Ernst?«

»Ganz genau«, sagte Onkel Sauberger. »Du hast mich ganz richtig verstanden.«

»Ich weiß nicht, ob ich dir in diesem Punkt zustimmen kann«, erwiderte ich und legte das Würstchen weg, das ich mir eigentlich gerade in den Mund hatte stecken wollen.

»Warum nicht?«, erwiderte Onkel Sauberger, nahm das von mir beiseitegelegte Würstchen und verzehrte es mit sichtlichem Genuss.

»Es war immerhin ein ziemlich berühmter Philosoph, der das cogito ergo sum formuliert hat. Und ich glaube ihm. Ich denke, also bin ich. Und wenn ich nicht denke, bin ich nicht. Ist doch eigentlich sehr plausibel.«

»Glaub's nicht«, sagte Onkel Sauberger und nahm einen großen Schluck von seinem Bier, Goldstar, eine israelische Marke.

»Du glaubst das also nicht?«

»Nö«, sagte Onkel Sauberger.

»Was gibt's daran nicht zu glauben?«

»Der Glaube ist nicht zu glauben«, sagte Onkel Sauberger. Der Glaube an sich ist doch schon unglaubwürdig.«

»Ich versteh schon, was du sagen willst, aber das ist für mich noch lange kein Grund, die Worte des Franzosen derart in Zweifel zu ziehen.«

»Ein Franzose, sagst du, hat diesen Satz gesagt?«

»Ein französischer Philosoph, sagte ich. »Cartesius. René Descartes.«

»Der war Franzose?«

»Ja doch«, sagte ich leicht genervt.

»Ein Franzose also und dazu noch ein Philosoph«, sagte Onkel Sauberger. »Eine seltene Kombination, nicht wahr?«

»Ein alter französischer Philosoph!«

»Jeder Philosoph kann widerlegt werden«, sagte Onkel Sauberger, »sogar ein französischer. Vor allem ein französischer. Aber eine Wurst, sogar eine französische, kann ich nicht widerlegen. Verstehst du mich?«

»Ich weiß nicht so recht, ob man René Descartes mit einer französischen Wurst in einen Topf werfen kann«, sagte ich.

»Lassen wir den Franzosen mal beiseite«, sagte Onkel Sauberger. »Die Philosophen und die Wurst ebenfalls – die Franzosen haben sowieso mehr für Käse übrig als für Wurst. Einverstanden?«

»Einverstanden!«

»Erst kommt das Essen«, erklärte Onkel Sauberger nüchtern. »Wenn es kein Essen gibt, dann kann man auch nicht denken. Erst essen und dann denken. Kannst du mir soweit folgen?

»Ich esse, also bin ich?«

»So ist das.«

»Hm«, sagte ich. »Du meinst also, ohne Essen kann man nicht denken, außer ans Essen vielleicht.«

»Da sagst du was Wahres, mein Lieber. Und ich sage dir, dass all die Philosophen, die Franzosen, die Amerikaner, die Engländer und die Deutschen viel zu viel denken und zu wenig essen. Vielleicht sehen sie deswegen alle so kränklich aus.«

»Kann sein, dass du da nicht ganz falsch liegst«, erwiderte ich.

»Wenn all diese Philosophen weniger denken und sich viel mehr mit der Realität beschäftigen würden, beispielsweise mit der Textur einer Schweinshaxe, mit der Würzmischung für eine Salami oder mit der perfekten Garzeit eines Schweinehalssteaks, wäre unsere Welt zweifellos eine bessere, meinst du nicht auch?«

»Hm«, sagte ich, ich fange an zu verstehen …«

»Bitte nimm dir doch noch ein Stück von diesem wunderbaren Speck, mein Lieber«, sagte Onkel Sauberger.

»Schmeckt wirklich ausgezeichnet«, sagte ich.

»Ich glaube an das Fleisch«, sagte Onkel Sauberger. »Genauer gesagt an das Schweinefleisch.«

»So langsam überzeugst du mich mit deiner Theorie«, sagte ich und leckte mir die Finger ab.

»Da täuschst du dich«, sagte Onkel Sauberger. »Nicht meine Theorie ist überzeugend, sondern die Praxis.«

»Was für ein köstlicher Speck!«, rief ich mit vollem Mund.

»Vergiss die Philosophie«, sagte Onkel Sauberger. »Vergiss den Glauben. Beide sind vollkommen nutzlos.« Onkel Sauberger nahm ein Holzbrett und ein großes Messer, um noch ein weiteres Stück Speck in hauchdünne Scheiben zu schneiden. »Bitte nimm dir noch ein Stück!«

»Hervorragend! Wirklich ganz exquisit!«, rief ich.

»Geräucherter Speck erster Klasse«, meinte Onkel Sauberger.

»Aus Rumänien?«

»Nein.«

»Nicht aus Rumänien? Aus Siebenbürgen? Stammt es nicht aus der schwäbischen Schweineschlacht im Banat? Aus dem Sächsischen? Aus der Walachei?«

»Nicht aus Rumänien.«

»Aus Ungarn vielleicht? Aus Frankreich? Oder aus Russland?«

»Falsch, alles falsch.«

»Woher denn dann?«

»Nu rate doch mal, dann kommst du schon drauf«, sagte Onkel Sauberger und steckte sich eine weitere Speckscheibe in den Mund.

»Ich weiß nicht«, sagte ich. »Aus Deutschland?«

Onkel Sauberger schüttelte den Kopf und sagte: »Aus Finnland!«

»Aus Finnland?«

»Jawohl, Finnland.«

»Ein fantastisches Aroma«, sagte ich. »Und schmilzt wie Butter auf der Zunge.«

»Und eine einzigartige Textur«, sagte Onkel Sauberger, nahm noch einen Schluck von seinem israelischen Bier und rülpste. Dann holte er eine durchsichtige Flasche aus dem Mobilkühlschrank und leicht beschlagene Schnapsgläschen. »Verdaut sich am besten mit einem Schlückchen Wodka. Möchtest du auch einen?«

»Gerne.«

»Zum Wohlsein!«

»Lechaim!«

Neben uns ertönte ein leises, gleichmäßiges Schnarchen. Lothar Matthäus war eingeschlafen, und es hatte ganz den Anschein, als würde er so schnell nicht mehr aufwachen.

»Da siehst du mal, welchen Einfluss die Philosophie auf ganz normale Menschen hat«, bemerkte Onkel Sauberger. »Sie dösen dabei einfach weg. Insofern kann man ihr immerhin noch eine friedensstiftende Wirkung nachsagen. Denn wer schläft, sündigt bekanntlich nicht.«

Dann nahm Onkel Sauberger eine seiner weißen Leinenservietten aus dem Picknickkorb und breitete sie sorgsam über dem Gesicht meines schlafenden Bosses aus.

»Nicht dass er uns noch einen Sonnenstich bekommt, der Gute. Er hat es auch so schon schwer genug in diesem Land mit all den Konflikten, die unter dem Deckmäntelchen der Religion ausgetragen werden.«

»Da hast du bei Gott recht«, erwiderte ich und dachte mit Schaudern an den Streit um Didi Hamann zurück, bei dem mein Boss eindeutig den Kürzeren gezogen hatte.

»Apropos Religion«, sagte da Onkel Sauberger

und goss sich noch ein Gläschen eisgekühlten Wodka ein. »Hab ich dir eigentlich schon von meinem Besuch bei den Samaritanern erzählt?«

Hatte er nicht, und so freute ich mich schon auf eine weitere von Onkel Saubergers Geschichten für meine Sammlung. Bevor er anfing zu erzählen, musste ich jedoch noch einen zweiten Wodka mit ihm trinken.

»Auf das kleinste Volk der Welt«, prostete er mir zu, bevor er zu erzählen begann.

»Weißt du, Geld gab's keines für das Seminar, zu dem die Samaritaner mich eingeladen hatten, nur Kost und Logis. Aber da zu befürchten ist, dass dieses kleine Volk bald von der Erdoberfläche verschwunden sein könnte, hab ich den Bedingungen zugestimmt. Schließlich gibt es nur noch knapp siebenhundert von ihresgleichen, und so fuhr ich hin in der Hoffnung, dass man sie vor dem Aussterben in der nahen Zukunft vielleicht doch noch bewahren könnte. Denn dass man sie rettet, nachdem sie selbst so viele schon gerettet haben, das haben sie wirklich verdient, diese Urjuden.«

»Die Samaritaner sind Juden?«, unterbrach ich ihn.

»Jawohl, mein Lieber, gewiss«, sagte Onkel Sauberger. »Die Samaritaner sind nicht nur Juden, sie sind Urjuden. Jedenfalls sagt man das von ihnen. Ich weiß zwar nicht, was genau ein Jude ist, folglich

126

weiß ich noch weniger, was ein Urjude ist, trotzdem steht es so geschrieben.«

»Wo steht denn das so geschrieben?«, fragte ich ihn.

»Überall steht ziemlich viel über dieses winzige Volk geschrieben, das auf einem Berg bei Nablus im Westjordanland lebt«, sagte mein Onkel. »Zum Beispiel in der Bibel. Da erzählt Jesus Christus, wie ein barmherziger Samaritaner mal einem Schwerverletzten geholfen hat, der von einem jüdischen Priester und auch einem Leviten einfach liegen gelassen worden war. Seither genießen die Samaritaner einen ausgezeichneten Ruf. Es ist bekannt, dass sie schon im biblischen Zeitalter nur die ersten Bücher des Alten Testaments akzeptierten, also die Thora. Die anderen Bücher des Alten Testaments haben sie nie akzeptiert, bis heute akzeptieren sie das sogenannte Buch der Propheten und den letzten historischen Teil der Bibel nicht. Die Thora ist das einzig Heilige, sonst nichts.«

»Ach, so ist das«, sagte ich.

»Außerdem«, fuhr Onkel Sauberger fort, »verwenden die Samaritaner immer noch die alt-hebräische Schrift.«

»Wie die Juden«, sagte ich.

»Nein, mein Lieber«, sagte Onkel Sauberger. »Die heutige Schrift ist neuer, viel neuer als die althebräische Schrift der Samaritaner. Das Althebräische der

Samaritaner ist noch dasjenige aus der Zeit von David und Salomon. Das heutige Hebräisch ist nicht das wirklich biblische, sondern eine viel modernere Variante, die mit der Bibel nicht mehr viel zu tun hat. Die Schrift von damals war vollkommen anders. Die Samaritaner nennen dieses Urhebräische ihre eigene Sprache. Die Juden mit ihrem modernen Hebräisch sind hinsichtlich ihres Anachronismus nichts im Vergleich mit den Samaritanern. Die Samaritaner behaupten nämlich, sie seien die Urjuden. Ob das stimmt oder nicht, ist umstritten. Was aber nicht so sehr umstritten wie das Urjudentum der Samaritaner ist, ist die Schrift, die in der Tat eine uralte jüdische ist und – den Samaritanern und einer Unmenge von Experten zufolge – mindestens bis in die Zeit des ersten Tempels zurückzuführen ist.«

Onkel Sauberger griff in seinen Mobilkühlschrank, in dem ein unerschöpfliches Arsenal an Flaschen Platz zu haben schien und reichte mir ein kühles Mineralwasser.

»Hier, trink einen Schluck«, sagte er, »davon bekommst du wieder einen klaren Kopf, damit du Geschichte besser verstehen kannst. Egal was wirklich stimmt und was nicht«, sagte er nach einer kurzen Pause, »die Samaritaner sind ein uraltes Völkchen, das kleinste Volk der ganzen Welt. Also bin ich hingefahren, obwohl sie mir nichts bezahlen konnten.

Denn ich fand es wichtig, vor ihrer Nation über etwas ganz Wichtiges zu sprechen.«

»Ich ahne schon, worüber«, sagte ich.

»Genau, du ahnst es schon. Über Ernährung wollte ich mit ihnen sprechen. Dabei war mir ein Rätsel, wieso die Samaritaner ausgerechnet mich zu ihrer Tagung eingeladen hatten, denn sie essen ja überhaupt kein Schweinefleisch. Das aber ist, wie du ja weißt, meine *conditio sine qua non*. Meine Lebensgrundlage, mein Lebenselixier, meine ganze Lebensfreude. Und wer weiß, dachte ich, vielleicht kann ich ihnen davon ja etwas abgeben.«

»Wirklich eine noble Geste von dir, mein Lieber«, sagte ich, »vor allem, wenn man bedenkt, dass du dich bei der Antwort auf die Gretchenfrage nach der Religion genauso durchlavierst wie weiland Goethes Faust, der alte Schwerenöter.«

»Gewiss, gewiss«, wiegelte Onkel Sauberger ab, »aber wie du ja weißt, halte ich es diesbezüglich mit dem alten Fritz: Jeder soll nach seiner Façon selig werden. Aber, mal ganz unter uns, hat mich natürlich vor allem meine Eitelkeit zu den Samaritanern geführt. Wie sonst wäre ich je zu der Ehre gekommen, vor einer ganzen Nation sprechen zu dürfen? Denn als ich dort ankam, hatten sich die Samaritaner alle mit Kind und Kegel in einer Sportarena versammelt, die, wie du dir denken kannst, nicht gerade überfüllt war bei so einem kleinen Volk.

Und da stand ich nun und sollte einen Vortrag halten, ich, der Schweine-Experte! Kannst du dir vorstellen, dass mir da, übrigens zum ersten Mal in meinem Leben, dann doch der Schweiß ausgebrochen ist? Zum Glück fiel mir aber der Rat des jüdischen Richters wieder ein, der mir bei meinem geplanten Kochbuch geraten hatte, das Schwein in den Rezepten durch Hühner, Schafe und Rinder zu ersetzen. Also hielt ich einen Vortrag über die artgerechte Aufzucht und Haltung – von Hühnern! Ist ja nicht so schwer in einem kleinen Dorf weitab vom Schuss, wo es sowieso noch keine pestizidverseuchten oder genmanipulierten Futtermittel gibt. Mit anderen Worten, ich habe sie dazu ermuntert, ihre gesunde Lebensweise beizubehalten. Und dann ist mir noch etwas eingefallen, was ich irgendwann mal bei den Franzosen gelernt hatte: Ich habe ihnen in einem Kochkurs gezeigt, wie man eine Schokolade mit aphrodisierender Wirkung herstellt. Wegen des mangelnden Nachwuchses, du verstehst. Das war vielleicht ein Fest, vor allem für die Jüngeren! Und tatsächlich hatte ich irgendwann den Eindruck, dass die Samaritaner mich ganz schnell wieder loswerden wollten, um sich mit ihren schönen Frauen zurückzuziehen … Jedenfalls drücke ich dem kleinen Volk nun fest die Daumen und freue mich jedes Mal, wenn ich von dort eine Geburtsanzeige bekomme.«

»Rabbi Avramoff? Rabbi Avramoff?«

Verdammt, verfolgte mich der Rabbi nun schon bis in meine Träume hinein?, fragte ich mich und schreckte hoch. Doch es war nur Onkel Sauberger, der wieder einmal am Handy hing und versuchte, den fluchenden Rabbi am anderen Ende der Leitung zu übertönen. »Gut, dass Sie anrufen«, sagte er, »denn es ist wirklich etwas Dramatisches passiert … Nein, nein, Herrn Matthäus, Ihrem geschätzten Trainer, geht es gut, aber die Drittligisten, die wir uns gestern in Tel Aviv ansehen wollten, mussten schon nach zwanzig Minuten vom Platz getragen werden … Ja, ja, die Hitze war einfach zu groß … Sonnenstich, sagen die Ärzte … Nein, in dieser Saison wird das nichts mehr mit ihnen …«

Nachdem Onkel Sauberger mir am Abend zuvor am Strand von Tel Aviv die Geschichte von den Samaritanern erzählt hatte, war Lothar Matthäus irgendwann wieder aufgewacht, und zu dritt hatten wir bis um vier Uhr in der Früh noch die Flasche Wodka geleert, bevor wir uns in den Mercedes zurückzogen, um noch ein bisschen zu schlafen. Nun brannte schon die Sonne durch die Windschutzscheibe und verwandelte das Wageninnere in eine finnische Sauna. In einiger Entfernung sah ich meinen Boss in seiner schwarz-rot-goldenen Badehose bis zu den Knien im Wasser stehen. Eine gute Idee, fand ich und beschloss, ebenfalls erst einmal ein morgendliches Bad im Meer zu nehmen, bevor wir uns darüber Gedanken machen würden, wie es denn nun weitergehen sollte.

Und so schwammen wir, Lothar Matthäus und ich, eine ganze Weile friedlich nebeneinander der aufgehenden Sonne entgegen, während Onkel Sauberger noch immer nervös mit dem Handy am Ohr an der Promenade auf- und abtigerte.

»Ob wir noch jemals einen guten Mann fürs Mittelfeld finden?«, fragte mich mein Boss, als wir uns mit den letzten beiden sauberen Leinenservietten aus Onkel Saubergers Picknickkorb abtrockneten.

Ich zuckte nur die Schultern und vertraute insgeheim wieder einmal darauf, dass Onkel Sauberger schon etwas einfallen würde.

Ich sollte allem Anschein nach recht behalten, denn Onkel Sauberger winkte uns aufgeräumt und fröhlich zu und bedeutete uns, zu ihm zu kommen.

»Guten Morgen, ihr Lieben!«, rief er uns entgegen. »Gut, dass ihr gebadet habt, denn wir bekommen gleich Damenbesuch!«

Damenbesuch? Bei diesem Wort sah ich in den Augen meines traurigen Chefs zum ersten Mal seit

Langem wieder so etwas wie einen Funken Lebensfreude aufblitzen, und wieder einmal bewunderte
ich Onkel Sauberger für seine Gabe, im entscheidenden Moment jeweils genau das Richtige zu tun.
Onkel Sauberger war einfach ein Genie.

»Wir müssen zum Busbahnhof, wo die beiden
schon auf uns warten.«

Auf dem Weg dorthin erklärte er uns, er habe
die beiden in Deutschland kennengelernt, genauer
gesagt in Stuttgart, und noch genauer gesagt in der
Königstraße. Dort sei er einmal mit seinem alten
Freund David Metzger entlangflaniert, als sie zu
ihrer großen Überraschung hebräische Satzfetzen
vernommen hätten. Es waren zwei junge Frauen
namens Lena und Yael, die sich nicht einig waren,
ob das Geschäft namens Castro, vor dem sie gerade
standen, dieselbe Firma wie diejenige in ihrer Heimat Israel war.

Yael behauptete, daheim in Israel oft bei Castro
eingekauft zu haben und war sich ihrer Sache sicher,
Lena dagegen war skeptisch. Castro wäre doch ein
häufiger Name, es gäbe sogar einen berühmten Politiker, der auch so heiße.

»Sie meinen sicher Fidel Castro«, mischte sich
Onkel Sauberger in seiner charmanten Art in den
Disput der Frauen ein. Trotz seines scharfen ungarischen Akzents waren die beiden Frauen ganz beglückt, ausgerechnet in der schwäbischen Provinz-

133

hauptstadt auf Hebräisch angesprochen zu werden. Aus der zufälligen Begegnung war im Laufe der Jahre eine nette Freundschaft geworden.

So saßen wir also eine Stunde später zu fünft im Auto, und Onkel Sauberger kämpfte sich tapfer durch den morgendlichen Berufsverkehr von Tel Aviv, was seine ganze Aufmerksamkeit in Anspruch nahm. Mich hatte er mit der fadenscheinigen Begründung, ich müsse ihn durch den Straßendschungel aus dem Zentrum von Tel Aviv hinaus lotsen, auf den Beifahrersitz beordert. Dabei wusste er ganz genau, dass ich mich selbst in einem kleinen Kuhdorf mit nur einer Ampelanlage noch verlaufen konnte. Also war es Lothar Matthäus, der nun auf der Rückbank zwischen Onkel Saubergers »Damenbesuch« sitzen durfte. Zu seiner Rechten Yael mit ihrem kohlrabenschwarzen Haar und ebensolchen Augen, zu seiner Linken, superplatinblond und vornehm kühl ihre beste Freundin Lena.

Die Sonne brennt vom Himmel wie eigentlich immer in dieser Gegend, und die Luft flimmert förmlich in der unerträglichen Hitze. Onkel Sauberger hat es auch ohne meine Hilfe wunderbar geschafft, den Weg aus der Stadt zu finden, wischt sich erleichtert den Schweiß von der Stirn und schaltet die Klimaanlage ein. Nun darf die Klimaanlage von Lothar Matthäus' schwarzer Limousine endlich mal zeigen, was sie wirklich drauf hat.

Es wird tatsächlich merklich kühl im Wageninnern, was aber nicht nur an der Klimaanlage liegt. Yael und Lena, die beiden Zufallsbekanntschaften von Onkel Sauberger, haben ganz offensichtlich wenig Lust zu reden und begnügen sich damit, gelangweilt irgendwelche Illustrierten durchzublättern, die sie am Bahnhof erstanden haben. Mit der Unbefangenheit verwöhnter Gören tauschen sie die Zeitschriften hin und wieder über den Schoß von Lothar Matthäus hinweg aus und lassen von Zeit zu Zeit giftgrüne Kaugummiblasen platzen. Dabei sind die beiden gar nicht mehr so jung, zumindest keine Teenager mehr, allerdings offensichtlich doch noch zu jung, um den ehemaligen Weltmeister Lothar Matthäus in ihrer Mitte wiederzuerkennen. Zumindest erwecken sie nicht den Anschein, aber vielleicht täusche ich mich da ja auch. Als sie mit den Zeitschriften durch sind, setzen sie sich in einer einzigen simultanen Bewegung ihre riesengroßen Sonnenbrillen auf und starren aus dem Fenster. Keine Ahnung, was mein Boss gerade denkt, aber ein Blick nach hinten genügt mir, um zu sehen, dass sich Lothar Matthäus in seiner Haut nicht ganz so wohl fühlt, wie es Onkel Sauberger vermutlich beabsichtigt hatte. Jedenfalls kommt kein Wort über seine Lippen. Stattdessen mustert er die beiden, als wären sie exotische Insekten.

Auch Onkel Sauberger hat sich nun seine Sonnenbrille aufgesetzt und kutschiert uns souverän durch die karge Landschaft.

»Machst du bitte Musik«, sagt die platinblonde Lena, die ihrem Akzent nach aus Osteuropa stammt. Ich tippe auf ehemalige Sowjetunion.

Onkel Sauberger schiebt sich die Sonnenbrille nach oben ins schüttere Haar und sucht nach einem Sender.

»Steht dir gut, die Sonnenbrille steht dir wirklich gut«, sagt Lena mit rollendem R. Hast du sie in Deutschland gekauft?«

»Nicht in Deutschland.« Onkel Sauberger schüttelt den Kopf. »In Tel Aviv.«

»Wir haben unsere Sonnenbrillen in Deutschland gekauft«, sagt Lena in einem ernsten Tonfall und zeigt mit dem Finger auf ihre eigene Brille und auf die ihrer Freundin.

Ich drehe mich leicht um und sage in dem idiotischen Versuch, auf diese Weise vielleicht ein Gespräch in Gang zu bringen: »Ich nehme mal an, in Stuttgart.«

»Ja«, sagt Lena ganz überrascht, als hätte ich ihre Gedanken gelesen.

»Stimmt«, sagt Onkel Sauberger, »so haben wir uns kennengelernt, beim Brillenkaufen in Stuttgart.«

Eine männliche Stimme sagt im Radio:

»In Israel sind die meisten Menschen Einwanderer. Kein Wunder also, dass wir neue Bekannte sofort nach ihrem Herkunftsland fragen. Und das tun wir nicht unbedingt, weil uns das wirklich interessiert, sondern weil wir glauben, dann eher zu erfahren, wen wir da gerade vor uns haben. Denn jedes Land hat ja so sein Stereotyp, an dem wir uns gerne festhalten. Die Deutschen sind pünktlich und korrekt. Die Rumänen klauen nur. Die aus dem Jemen essen ungeheuer scharfes Zeugs und kauen die ganze Zeit Kaht-Blätter. Die Marokkaner sind Messerstecher und die russischen Frauen sind Huren.«

Lena gibt auf der Rückbank einen hysterischen Lacher von sich, und Lothar Matthäus zuckt erschrocken zusammen. Verständlich, der Arme versteht ja nichts.

Eine andere männliche Stimme räuspert sich und sagt:

»Herkunft und Religion sind aber doch wichtig, viel wichtiger, als Sie vielleicht glauben mögen. Schließlich bestimmen vor allem unsere Gene und unsere Gruppenzugehörigkeit, wer wir tatsächlich sind. Und natürlich das Geld. Und unsere politischen Ansichten. Ob wir uns zum Kapitalismus oder zum Sozialismus bekennen. Allerdings sind diese Kategorien in der schändlichsten Verwirrung, was man daran sieht, dass ausgerechnet die sozialistisch inspirierten Kibbuzim inzwischen zu den erfolgreichsten kapitalistischen Unternehmen unseres Landes gehören. Was aber bedeutet das? Sind wir auf dem falschen Weg? Nichts ist mehr, wie es mal war. Nur das Wetter bleibt immer gleich.«

Gelächter im Studio.

Die männliche Stimme fährt fort:

»Und der Davidstern flattert noch immer auf weiß-blauem Grund. Und unsere traditionellen Feste sind immer noch die alten. An Jom Kippur wird gefastet. An Chanukka werden Kerzen entzündet. Zu Pessach werden Matzot gegessen. Und an Purim und Jom Haatzmaut wird gefeiert. Und Feuerraketen werden in die heiße Luft geschossen. Und, und, und. Die religiösen Feste haben in diesem Land immer noch eine lange Tradition, ebenso wie unsere Mythen, Geschichten und unsere Märchen. Eines fantastischer als das andere. Mit anderen Worten: Auch im einundzwanzigsten Jahrhundert spielen der Glaube und die Traditionen immer noch eine große Rolle.«

Eine weibliche Stimme im Radio sagt:

»Wer in Israel geboren wird, wird häufig nach dem Land der Eltern und der Großeltern gefragt. Das gehört einfach dazu. Denn Identität ist wichtig. Auf Herkunft und Religion wird in Israel großer Wert gelegt. Woher stammst du? Woher stammen deine Eltern? Bist du Jude? In welcher Armee-Brigade hast du gedient?«

Eine fröhlich-androgyne Stimme sagt:

»Damit sind wir leider schon wieder am Ende unserer Sendung an diesem herrlich sonnigen Tag. Danke fürs Zuhören und bleiben Sie uns treu wie Zahal, unserer Armee. Nach der Werbung haben wir noch zwei klassische israelische Songs aus den Achtzigern für Sie. Also bleiben Sie dran.«

»Wollt ihr das hören?«, fragt Onkel Sauberger nach hinten.

»Egal«, sagt Lena. »Hauptsache Musik. Bloß kein Gequatsche und keine Werbung.«

»Es ist heutzutage gar nicht so einfach, im Radio noch gute Songs zu hören«, sage ich. »Meistens wird nur noch geredet und Werbung geschaltet. Und die Songs sind nur noch dazu da, um irgendwelchen Kram zu verkaufen, den man überhaupt nicht braucht.«

»Dabei könnte man doch beispielsweise für ungarische Salamisorten oder für Ciorbă de burtă, eine rumänische Schweinemagensuppe werben«, bemerkt Onkel Sauberger und leckt sich die Lippen.

»Genau«, sage ich, »und zwar nicht für die aus der Dose, sondern für die frische, wie man sie in den bulgarischen und rumänischen Restaurants in Jaffa noch bekommt.«

Onkel Sauberger nickt und sagt: »Stattdessen werben sie für andere unerfreuliche Dinge. Warum nicht für Salami? Oder für all die guten osteuropäischen Restaurants, die noch eine traditionell gute

Küche anzubieten haben? Das würde mir gut gefallen.«

»Mir auch«, stimme ich Onkel Sauberger zu, allerdings weniger, weil ich das wirklich gern im Radio hören würde, sondern vielmehr, um das etwas mühsame Gespräch in Gang zu halten. Doch Onkel Sauberger hat eine viel bessere Idee.

Er sucht solange, bis er einen anderen Radiosender findet, in dem gerade keine Werbeblocks laufen. Stattdessen wird das Wageninnere nun von orientalischen Klängen aus Jordanien geflutet.

Lenas Freundin Yael fängt an, ihr kleines Bäuchlein im Takt mit der synkopischen Musik zu wiegen, und Lothar Matthäus macht sich ganz schmal, indem er seine Knie zusammenklemmt.

»Gefällt euch das?«, fragt Onkel Sauberger nach hinten.

»Yael ist Irakerin, wie du vielleicht noch weißt«, sagt Lena. »Sie hat eine ganz andere Verbindung zu dieser Musik als ich.«

Lena dagegen gehört ganz offensichtlich zu den mehr als eine Million Auswanderern, die in den Neunzigerjahren des zwanzigsten Jahrhunderts aus der ehemaligen Sowjetunion nach Israel gekommen waren. Allerdings ohne die heilige Erde Israels nach dem Verlassen des Flugzeugs zu küssen. Und ohne jüdische Traditionen. Sie weiß vermutlich kaum, dass sie Jüdin ist. Hauptsache, eine Aussicht auf ein besseres Leben und auf eine Zukunft, an die in ihrer alten Heimat schon längst niemand mehr glaubte. Und als dann der Eiserne Vorhang fiel, da hieß es nur noch: Nichts wie weg! Und wer konnte, der machte sich auf den Weg. Und in aller Welt hörte man es schreien: Die Russen kommen, die Russen kommen!

Die Russen sind in der Tat überall hingekommen. Auch nach Israel. Mit nur wenig Gepäck, aber mit vergoldeten Zähnen.

Der russische Rubel hatte nur wenige Anhänger im Heiligen Land. Denn Russland war schwach wie seine Währung auch. Gut ausgebildete Menschen, Ingenieure, Ärzte und Musiker verließen ihre russische Heimat mit Tränen in den Augen. Russen aus Weißrussland, der Ukraine, Georgien und anderen kaukasischen Ländern wurden zu Neuemigranten, zu *Olim Hadaschim*. Nun wurden sie alle auf einmal zu Fremden. Denn in Israel sprach man Hebräisch. In einem *Ulpan* sollten sie alle die Sprache erlernen.

Ohne zu wissen, was es bedeutet, ein Fremder zu sein, ohne die geringste Ahnung, was es heißt, in Israel ein Jude zu sein, flüchteten sie vom einen zusammengebrochenen System, vom Kommunismus zum Kapitalismus. Vom Sozialismus zum Zionismus. Ein ökonomischer Exodus. Ein im Grunde genommen für Israel willkommener Exodus. Obwohl nur weniger als die Hälfte der mehr als eine Million Russen nach jüdischem Gesetz Juden waren. Die meisten aßen Schweinefleisch in großen Mengen. Ihr Appetit nach Speck und Salami war grenzenlos. Russische Delikatessen waren gefragt. Läden mit nicht koscheren Produkten eröffneten überall. Auf einmal wurde überall russisch gesprochen. Nach der Wende in Europa hat Israel sein Gesicht verändert.

Lena war vermutlich noch sehr klein, als ihre Eltern Kiew verließen. Sie kann sich an ihr Geburtsland kaum erinnern. Ihr bleiben nur die Geschichten ihrer Eltern, Geschichten, die sie sich wahrscheinlich öfter anhören muss, als ihr lieb ist. Ein paar vage, verschwommene Erinnerungen aus frühen Kindertagen, die wie die vergilbten Schwarz-Weiß-Aufnahmen von ihren Großeltern in Pappschachteln auf dem Dachboden der Geschichte verstauben.

Die alte Heimat kommt nur noch zum Vorschein, wenn sich Lena über etwas aufregt oder gereizt ist, dann hört man ihr slawisches R besonders kräftig rollen. Doch mit der russischen Kultur ihrer Eltern hat sie vermutlich nicht mehr allzu viel am Hut. Sie findet diese einfach nur schwermütig und deprimierend. Nichts für junge Leute, denen der israelische Leichtsinn doch um einiges näher liegt.

An einer roten Ampel hüpft ein alter Äthiopier

mit seinem Stock über den aufgeheizten Asphalt.
Trotz der unsäglichen Hitze trägt der alte Mann einen Anzug mit einem Pullover darunter und einen zerfledderten Strohhut auf dem Kopf. Nur wenige Menschen trauen sich um diese Stunde auf die Straße. Selbst die Katzen haben sich alle in den Schatten verzogen.

Die Ampel wechselt auf grün. Onkel Sauberger gibt Gas. Die Musik im Auto mutiert zu einem unangenehmen Geräusch. Die Radiowellen aus Jordanien werden schwächer.

»Ein anderer Sender?«, fragt Onkel Sauberger.

Die beiden Frauen nicken.

Onkel Sauberger macht sich auf die Suche nach Musik. Lothar Matthäus ist schon wieder eingeschlafen. Sein Kopf ruht friedlich an der Schulter von Yael, die das jedoch nicht unangenehm zu finden scheint. Wie gut, dass wir im Meer gebadet haben.

An diesem Tag ist es heißer als heiß.

Der wolkenlose Himmel schimmert fast schon dunkelblau am Horizont, als ob er schwitze, und als wir aus der klimatisierten Limousine steigen, überfällt uns trockene, staubige Luft, als hätte uns jemand einen brennenden Teppich übergeworfen.

Kein Lüftchen regt sich, doch am Strand ist die Hölle los. Kinder weinen. Kinder lachen. Kinder schreien. Dazwischen brüllen und schimpfen und krakeelen die Erwachsenen.

»Woher sie die Kraft bei dieser Hitze nehmen, ist mir ein Rätsel«, sagt Onkel Sauberger und lässt sich neben seinem Mobilkühlschrank erschöpft in den Sand plumpsen. Lothar Matthäus steht benommen neben ihm und starrt auf die Melonenbrüste der Frauen, die träge in der Sonne liegen und sich wie schwere Echsen ab und zu in Zeitlupentempo vom Rücken auf den Bauch drehen, um gleichmäßig zu bräunen. Von Zeit zu Zeit beschmieren sie ihre Körper mit schützender Sonnencreme, nippen vorsichtig an ihren Mineralwasserfläschchen, an Trauben- und Orangensaft. Dazu naschen sie Bissli und Bamba. Hummus und Tahina. Baklava. Halva. Sonnenblumenkerne. Kaufen Eis am Stiel bei einem lärmenden Eisverkäufer. Rauchen eine

Zigarette, drücken die Kippe in den Sand. Wischen sich mit dem Handrücken den Schweiß aus der Stirn, arrangieren ihre Haare und stehen auf. Erforschen, die Hände in die Hüften gestemmt, die Umgebung. Starren in die Ferne. Ins Leere. Setzen sich wieder und blättern mechanisch die Seiten ihrer Zeitschriften um, schauen ihren Mitmenschen beim Matka-Spielen zu und starren durch dunkle Sonnenbrillen auf die plätschernden Wellen.

Nasse Hunde jagen sich am Wasser, mit heraushängenden Zungen wie gehisste Fahnen an einem wichtigen Feiertag. Auf dem feuchten Sandstreifen zwischen dem Meer und dem trockenen Land spazieren ältere Männer und junge Frauen hin und her, das Fleisch der Frauen im Bikini appetitlich und fest, das Fett der Männer schlaff wie Wackelpudding. Unweit vom Ufer ein Dutzend mollige Frauen, die meisten noch jung mit runden Bäuchen und langen schwarzen Haaren.

»Willkommen in der Hölle«, sagt Onkel Sauberger wenig später und wendet mit gekonnten Bewegungen das Fleisch auf dem Grill. Es ist eine stehende Redewendung, mit der er gerne seine Gäste aus dem Ausland begrüßt.

»Denn hier in Israel«, so seine These, »gibt es nur zwei Jahreszeiten: Heiß und noch heißer. Die vier Jahreszeiten sind zu einem glühend heißen Sommer und einem heißen Herbst geschrumpft.«

Meistens wäre das Wetter viel zu warm, unerträglich heiß. Man schwitze so sehr, dass man nicht einmal in der Lage sei, sich über Selbstmord Gedanken zu machen. Vielleicht läge die Selbstmordrate in den kalten Teilen der Welt deswegen um einiges höher. Hier dagegen schalte man die Klimaanlage auf die höchste Stufe und hoffe auf eine Brise, die nur selten komme. Oder auf die ebenso seltene Regenzeit. Schnee kenne man nur aus den Schwedenkrimis, die im Fernsehen laufen.

Aber manchmal, so Onkel Sauberger, wäre das Wetter überraschend angenehm. Frisch und leicht. Nicht so höllisch heiß wie fast immer. Vor allem ganz früh morgens. Der Nahe Osten wäre eine Gegend, die man eigentlich nur in der Morgendämmerung genießen könne. Dazu müsse man allerdings früh aufstehen, denn schon vor sieben Uhr komme die Sonne aus ihrem Versteck und strahle und strahle und strahle wie ein überreifer Riesenpfirsich.

Dennoch hielten die meisten Menschen dieses mediterrane Klima für das Paradies auf Erden. Vor allem die Europäer aus dem Norden hätten gern so ein Wetter. Das wisse er von seinen Freunden und Bekannten von dem alten Kontinent. Kaum hätten sie mal drei Tage am Stück frei, dann hätten sie nichts Besseres zu tun, als in irgendein heißes Land zu fliegen.

Und sobald er ihnen vom Wetter im Land Kanaan erzähle, würden sie vor Neid buchstäblich

erblassen und verzweifelt zur Bräunungscreme grei-
fen. Wie wunderbar es doch wäre, immer so ein
schönes Wetter zu haben, müsse er sich dann immer anhören. Oder: Wie gern sie auch in so einem
Land leben würden, in dem es immer über dreißig
Grad warm wäre.

Ist das der Grund, weshalb Israel als das Land
von Milch und Honig bezeichnet wird, weil es dort
so heiß ist?, wurde Onkel Sauberger in Finnland
einmal gefragt, wo er einen Fleischerkongress besuchte. Die Frage aber hatte ein Metzger aus der
Schweiz gestellt, und Onkel Sauberger hatte schon
zur Genüge die Erfahrung gemacht, dass mit
Schweizern nicht zu spaßen war. Also ließ er sich für
die Antwort reichlich Zeit. Die Finnen, gespannt,
was Onkel Sauberger auf diese Frage antworten
würde, nutzten seine lange Pause, um noch schnell
mit großen Schlucken ihren finnischen Wodka aus
großen finnischen Gläsern zu trinken. Sie schienen
sehr, sehr durstig zu sein. Vielleicht, weil sie gerade
aus der Sauna kamen.

Onkel Sauberger aber nippte nur von seinem
Wodka-Finlandia, und weil er wusste, wie ernst die
Schweizer sein können, sagte er, dass er auf die Frage
von dem Herrn aus der Schweiz keine bestimmte
Antwort geben könne. Denn er wolle auf keinen
Fall missverstanden werden. Das aber sei in aller Re-
gel der Fall, wenn er sich mit Schweizern unterhalte,

insbesondere, wenn er einen Witz machen wolle. Und weil ein Witz, wenn er erklärt werden müsse, kein Witz mehr sei, verzichte er ganz bewusst auf Witze und lustige Geschichten, wenn Schweizer in der Nähe wären. Da brachen die Finnen in Gelächter aus, bestellten noch mehr Wodka und stießen auf ihn an. Und auf den Metzger aus der Schweiz, der sich wider Erwarten zu einem Lächeln hinreißen ließ. Der Schweizer, das unbekannte Wesen!

Aber wie sei das denn nun mit dem Wetter in Israel, hakte einer der Finnen nach. »In Israel regnet es kaum«, sagte Onkel Sauberger. »Wenn es doch mal regnet, dann ziemlich heftig und in riesigen Tropfen. So groß wie Mandarinen oder gentechnisch manipulierte Tomaten. Man wird schnell nass. Triefendnass. Die Kleider kleben einem am Leib. Wie feines Öl. Olivenöl. Sandige Pfützen verwandeln sich in Flüsse und Seen. Ganze Straßen und Viertel werden überflutet. Jedes Jahr dieselben Bilder von diesem Wunder der Natur, das allerdings zeitlich sehr begrenzt ist. Genauso schnell, wie der Regen kommt, hört er auch wieder auf. Und das wiederholt sich Jahr für Jahr. Trotzdem ist Wasser Mangelware. Denn das biblische Land ist ein durstiges Land, das nie genug zu trinken bekommt.«

Während Lothar Matthäus Yael und Lena zwei Fläschchen Maracuja-Saft reicht und ich für uns drei

Männer drei Goldstar-Biere öffne, scharwenzelt ein großer schwarzer Hund mit wedelndem Schwanz aufgeregt um Onkel Sauberger herum, bis dieser ihm ein Stück rohes Fleisch zuwirft. Der Hund schluckt den Brocken auf einmal, setzt sich auf seine Hinterläufe und wartet auf die nächste Portion.

»Du hast einen guten Geschmack«, lobt Onkel Sauberger den Hund, der die Ohren spitzt und wild mit seiner feuchten Zunge hechelt. Seine ganze Aufmerksamkeit gilt dem Stück Fleisch, das Onkel Sauberger nun vor ihm in die Höhe hält.

»Komm, Kleiner, spring«, sagt Onkel Sauberger. Der Hund schnappt noch in der Luft nach dem fetten Happen, leckt sich mehrere Male mit seiner langen Zunge die Nase und macht mit dem Kopf eine Geste, als wolle er sich bedanken.

»Du willst nur spielen und eine gute Portion Schweinefleisch«, sagt Onkel Sauberger zu seinem neuen Freund. »Genau wie ich.«

Der Hund bellt einmal laut, bevor er sich über den großen Schweineknochen hermacht, den Onkel Sauberger ihm zugeworfen hat.

Lena und Yael liegen auf dem Rücken in der Sonne, Lothar Matthäus und ich haben gerade unsere nächsten Flaschen Goldstar geöffnet, als um uns herum Geschrei ertönt.

Was ist los?

Ein junger Mann liegt ganz in unserer Nähe im Sand.

»Ist er tot?«, fragen einige Neugierige, die um ihn herumstehen.

Onkel Sauberger holt ein Würstchen vom Grill und hält es dem jungen Mann vor die Nase.

»Iss!«, sagt Onkel Sauberger.

»Aber er ist tot!«, kreischt eine ältere, hysterische Frau.

Onkel Sauberger öffnet den Mund des im Sand liegenden jungen Mannes mit seiner Rechten und steckt ihm die Wurst mit seiner Linken zwischen die Zähne.

»Iss!«, sagt Onkel Sauberger. »Das ist gute Medizin.«

Der Mann reißt seine Nasenflügel auf, schnuppert ausgiebig, beißt ein Stück von der Wurst ab und fängt an zu kauen.

»Er lebt!«, kreischt die hysterische Frau.

»Dieser Mann da hat sein Leben gerettet!«, sagen die Anwesenden und schauen ehrfürchtig zu Onkel Sauberger hin.

»Hab nichts gemacht«, sagt Onkel Sauberger. »Hab dem jungen Mann nur etwas zu essen gegeben. Der war ja schon ohnmächtig vor Hunger.«

Doch niemand hört Onkel Sauberger zu. Alle singen und schreien: Er ist ein Held, unser Held. Er ist der Held Israels. Er ist ein Held, er ist ein Held.

Später stellte sich heraus, dass der von Onkel Sauberger wieder zum Leben erweckte junge Mann kein geringerer war als der einzige Sohn des Chefs des israelischen Geheimdienstes. Für diese Heldentat stehe er sein ganzes Leben lang in seiner Schuld, sagte der Mossad-Chef zu Onkel Sauberger.

Onkel Sauberger sagte, er sei kein Held.

Die Nummer eins des Mossad indes bestand darauf, dass Onkel Sauberger als einer der großen Helden in die Geschichte Israels eingehen werde, das sei gewiss. Onkel Sauberger wusste, dass es manchmal besser ist, nicht zu widersprechen. Also schwieg er. Da sagte der Mossad-Mann, Onkel Sauberger könne ihn jederzeit um seine Hilfe bitten. Für ihn, sagte der oberste Geheimagent Israels, seien die meisten Dinge machbar. »Also bitte lassen Sie mich wissen, wenn Sie etwas brauchen, Herr Sauberger, egal was, und ich werde für Sie da sein.«

Viele Jahre später – Lothar Matthäus hatte längst das Land verlassen, ich bastelte, mal mehr, mal weniger verzweifelt an meiner Karriere als Schriftsteller, indem ich endlich Onkel Saubergers Geschichten zu Papier brachte (siehe unten), und Yael und Lena waren gemeinsam nach Deutschland ausgewandert, genauer gesagt nach Stuttgart, wo sie nun in der Königstraße ein erfolgreiches Geschäft für Sonnenbrillen betreiben –, viele Jahre später also erzählte mir Onkel Sauberger, wie ihm der *Rosch Hamossad* tatsächlich einmal zu Hilfe gekommen war, als er nach Ägypten gerufen wurde, um für nichts Geringeres als die koptische Wurst zu kämpfen.

DIE KOPTISCHE WURST

Ausgewählte Mitglieder der koptischen Gemeinde in Kairo warteten schon ganz ungeduldig auf Onkel Sauberger, doch das Flugzeug der israelischen Fluggesellschaft musste mehrere Runden in der Luft um die ägyptische Hauptstadt drehen, bis es endlich grünes Licht für die Landung bekam.

Ein Grund für diese Verspätung wurde nicht angegeben, und die Kopten machten sich schon ernsthafte Sorgen. Denn sie dachten, der Grund für die Verspätung sei möglicherweise einer der Passagiere, genauer gesagt Onkel Sauberger, den viele in Ägypten für einen Feind ihres Landes und ihrer Religion hielten. Ein Debakel, das vor Onkel Sauberger tunlichst verheimlicht wurde, denn mehr als jemals zuvor waren seine unbestrittenen Kenntnisse im Sachen Fleischproduktion gefragt, ja mehr noch: Seine Kenntnisse schienen geradezu die letzte Rettung zu sein.

Am Telefon war ihm äußerst besorgt mitgeteilt worden, dass ein höchst gefährliches Phänomen außer Kontrolle zu geraten drohe. *Ein Unglück*, musste sich Onkel Sauberger mehrere Male von Regierungsmitgliedern und koptischen Freunden anhören, *eine Katastrophe*.

Ein Mysterium, das Onkel Sauberger jedoch nicht im Geringsten beunruhigte, sondern ihn vielmehr neugierig machte. Worin konnte dieses Unglück bestehen? Was bahnte sich dort für eine Katastrophe an, die ausgerechnet er verhindern sollte?

Nach vielen Stunden Verspätung war Onkel Sauberger nicht wenig überrascht, so viele Menschen um sich herum zu sehen, die seinen Namen riefen. Nur wenige von ihnen kannte er, obwohl er mit der koptischen Gemeinde seit Jahrzehnten in engem Kontakt stand. Er wusste, dass er bei dieser urchristlichen Bevölkerung in hohem Ansehen stand, ja geradezu bewundert wurde. Er wusste auch, dass er dort als der größte Schweineexperte des ganzen Nahen Ostens galt, obwohl er aus dem Gelobten Land stammte, wo das Schweinefleisch wie kaum etwas anderes verachtet wurde.

Die Kopten waren die einzigen Urchristen in der ganzen jüdisch-arabischen Region, die regelmäßig Schweinefleisch konsumierten, das sie als einen Beweis für höchste Lebensqualität betrachteten. In diesem Punkt unterschieden sie sich von den anderen Staatsbürgern Ägyptens, den Muslimen, denen der Verzehr von Schweinefleisch streng verboten war.

Trotzdem schien es Onkel Sauberger übertrieben, als einige Frauen ihm einen Blumenkranz aufs schüttere Haupthaar setzten. Freudig überrascht dagegen war er, als er von einem Bekannten eine der koptischen Würste überreicht bekam, die er so sehr schätzte.

Onkel Sauberger schnupperte daran und sog beglückt den köstlichen Duft der orientalischen Gewürzmischung ein, der die koptische Wurst so einzigartig machte.

Es war unter anderem auch sein Verdienst gewesen, dass die koptische Wurst zu einem weltweit geschätzten Produkt geworden war, einem Geheimtipp für Feinschmecker, Fünfsterneköche und die besten Gourmet-Restaurants von Tokio bis New York.

Die lange Tradition der koptischen Wurstherstellung gehörte längst zur Weltspitze. Ein kulinarisches Wunder, wie man so schön sagt, zu dem Onkel Sauberger als Fleischexperte ganz maßgeblich beigetragen hatte.

Nun stand er da am Flughafen von Kairo und roch an der Wurst wie an einem guten Wein, und er drehte und wendete das gute Stück in seinen Händen, als wäre es ein Rosenkranz, und ihn erfasste eine mystische Woge, um die ihn Meister Eckhart, Bernhard von Clairvaux und Heinrich Suso mit Sicherheit beneidet hätten. Mit jedem Tasten und Riechen an der Wurst bekam Onkel Sauberger weichere Knie und geriet in eine Ekstase, die ihn die Welt um sich herum vergessen ließ. Ganz weit weg war der Höllenlärm der startenden und landenden

Flugzeuge und der tobenden Menschenmenge um ihn herum, und den Gestank von Kerosin und geschmolzenem Asphalt hatte die Würze der koptischen Wurst vollkommen aus seinem Nasalraum vertrieben.

»Herrlich«, flüsterte er. »Fabelhaft.«

Die Raffinesse der frischen koptischen Wurst erfreute Onkel Sauberger so sehr, dass er auf einmal zu lachen anfing, und das, nachdem er so viele Stunden lang in dem engen Sitz der Economy Class eines Flugzeugs eingepfercht gewesen war, das wie ein Karussell stundenlang in der verpesteten Dunstglocke über Kairo gekreist war.

Ganz offensichtlich war die koptische Wurst mehr als nur ein Hochgenuss. Sie war eine Medizin gegen die umwelt- und gesundheitsschädlichen Strapazen, die die moderne Welt den Menschen in zunehmendem Maße zufügte. Und endlich, nachdem er so lange daran gerochen hatte, bis ihm schwindlig geworden war, biss er endlich hinein – und spürte augenblicklich, wie er Bissen für Bissen wieder zu Kräften kam.

Auf dem Weg zur koptischen Gemeinde zogen die Bilder von der Armut und dem Reichtum der großen Metropole am Ufer des Nils an ihm vorbei, die sich dort zu einer rätselhaften Atmosphäre verdichteten, beseelt vom Reiz eines längst überholten Glanzes vergangener Tage, der nur hie und da noch durch die modernen Auswüchse des riesigen Molochs der Millionenstadt schimmerte wie durch ein verwaschenes Seidentuch.

In der ältesten christlichen Gemeinde der Welt sollte Onkel Sauberger erstmals von der bösen Epidemie erfahren, die sich rasch in der ganzen Mittelmeerregion auszubreiten schien und bald schon eine Gefahr für die ganze Welt zu werden drohte: Die Rede war von der Schweinegrippe. Und es bestand kein Zweifel: Die Lage war ernst.

Man halte diese Nachricht so geheim wie möglich, teilte ihm ein koptischer Priester mit, und selbst die ihnen ansonsten eher feindlich gesinnten Regierungsbehörden wären bereit, mit ihnen, den Kopten, zusammenzuarbeiten. Zugleich aber sei die Regierung höchst verärgert über die koptische Minderheit in ihrem Land, denn sie wäre davon überzeugt, dass die Schweinegrippe ausschließlich ein Resultat der unhygienischen koptischen Ernährung sei.

Aber da sie, die Kopten, nun mal die einzigen seien, die sich mit Schweinefleisch auskennen würden, biete man ihnen jede Unterstützung an, die sie zur Bewältigung dieser Krise bräuchten.

Onkel Sauberger verstand. Viel stand auf dem Spiel. Menschenleben und Schweineleben. Dennoch war Onkel Saubergers einziger Gedanke in diesem Augenblick: Die koptische Wurst ist in Gefahr!

Im Haus seines Freundes Irenäus wurde Onkel Sauberger von dessen Frau Martha mit traditionellen koptischen Leckerbissen verwöhnt. »Mach dir keine Sorgen wegen der Schweinegrippe«, ermunterte ihn Irenäus zum Zugreifen, »der Speck, den meine liebe Martha dir da aufgetischt hat, der hängt schon seit der Suezkrise in unserer Räucherkammer. Es ist also ein echter Historien-Schinken, wie du ihn nirgendwo sonst auf der Welt noch bekommst.« Da langte Onkel Sauberger natürlich kräftig zu, und ihm war, als schmecke er einen Hauch von Earl Grey und Minze heraus, ein Aroma, das vermutlich den Engländern geschuldet war, die lange ihr Unwesen in Ägypten getrieben hatten. Müde, satt und zufrieden ging er ins Bett, schlief mit einem seligen Lächeln ein und verzehrte nach einer erholsamen Nacht das reichhaltige Frühstück, das Martha ihm am anderen Morgen zubereitete.

»Martha«, sagte Onkel Sauberger, »du bist ein Segen!«

Martha freute sich über alle Maßen, den lange nicht mehr gesehenen Gast kulinarisch verwöhnen zu dürfen. Und wieder einmal geriet Onkel Sauberger in Verzückung angesichts der Vielfalt der koptischen kalten Küche, die ihn immer wieder aufs Neue überraschte. Ganz warm ums Herz und auch im Bauch erhob sich Onkel Sauberger und küsste Martha die Hand.

Nanu, was war das denn? Die liebe Martha erschauderte vor Wonne von der Gänsehaut, die sie daraufhin von den Zehenspitzen bis zum Haaransatz bekam. So eine Gänsehaut hatte sie ja schon seit Jahrzehnten nicht mehr erlebt! Und die Röte schoss ihr ins Gesicht wie seinerzeit in Abdel Nassers Tagen, als Irenäus ihr seine ersten Avancen gemacht hatte. Wie so viele andere Frauen konnte Martha dem unwiderstehlichen Charme von Onkel Sauberger nichts entgegensetzen. Und sie verliebte sich augenblicklich in ihn. Onkel Sauberger hatte sie verzaubert. Von diesem Augenblick an gehörte Martha zu den hunderten, vielleicht sogar tausenden von Frauen aller Altersgruppen, die Onkel Sauberger aufs Innigste verbunden waren. Weil es so viele Frauen gab, die Onkel Sauberger aus tiefstem Herzen liebten, und das wusste die kluge Martha, musste auch ihre Liebe platonisch bleiben. Oder eben durch den Magen gehen.

»Essen Sie noch etwas«, drängte sie ihn daher nur.

»Vielleicht ein wenig später«, sagte Onkel Sauberger, dem ihre Gefühlsaufwallung nicht entgangen war.

Da reichte Martha ihm noch ein kleines Stück von einem ganz besonderen Speck. Denn sie wusste natürlich um die Schwäche ihres lieben Gastes.

Und wie sie ganz richtig vermutet hatte, konnte Onkel Sauberger dem Dargebotenen nicht widerstehen.

»Schmeckt es Ihnen?«, hauchte Martha.

»Wunderbar«, sagte Onkel Sauberger, »ein klein wenig geräuchert, wie mir scheint. Nicht zu viel, aber auch nicht zu wenig. Genau richtig.«

»So mögen wir unseren Speck am liebsten«, lächelte Martha und nahm auch ein Stück davon.

»Perfekt«, sagte Onkel Sauberger.

Da fiel ihm plötzlich die immense Verantwortung wieder ein, die auf seinen Schultern ruhte. Die Schweinegrippe war außer Kontrolle geraten und die koptische Wurst in ihrer Existenz bedroht!

Etwas muss geschehen, und es muss schnell geschehen, dachte Onkel Sauberger und setzte sich wieder hin.

Martha legte eine kleine Wurst auf seinen Teller und sagte, er brauche nun jede Menge Energie.

Onkel Sauberger stimmte ihr zu, verzehrte die Wurst und machte sich endlich auf den Weg zu seinen Freunden von der koptischen Gemeinde. Dort unterhielten sie sich lange und ausführlich über die drohende Gefahr, die wie eine finstere Wolke über der Glaubensgemeinschaft hing.

Je mehr seine koptischen Freunde ihm berichteten, desto widersprüchlicher kam ihm die ganze Geschichte vor. So grübelte er lange und beschloss, über diesen Fall mit dem Mossad-Chef zu reden. Immerhin hatte er dessen einzigem Sohn das Leben gerettet, und er hatte noch gut die Worte im Ohr, dass er sich jederzeit vertrauensvoll an ihn wenden könne.

Gesagt, getan. Onkel Sauberger rief den Mossad-Mann an, der sich überglücklich schätzte, sich endlich für das gerettete Leben seines einzigen Sohnes revanchieren zu können. Und tatsächlich nahm er kein Blatt vor den Mund, als ihm Onkel Sauberger die Sache mit der Schweinegrippe darlegte. Diese Epidemie sei bloß ein Bluff der ägyptischen Regierung, verriet er Onkel Sauberger ganz ohne Umschweife. Mubarak – damals noch Präsident von Ägypten – wolle die Muslime gegen die Kopten aufhetzen, um auf diese Weise von den eigentlichen Problemen des Landes abzulenken. Diese Strategie, verschiedene Volksgruppen gegeneinander zu hetzen, habe er sich von den Engländern abgeschaut, die damit stets erfolgreich gewesen seien. Wo immer auch die Engländer geherrscht hätten, hätten sie sich ihre eigene Herrschaft durch das Stiften von Unruhe im jeweiligen Land ihrer Begierden bewahrt. Nun seien die Engländer zwar weg, aber der Hass der unterschiedlichen Volksgruppen aufeinander immer noch da. Nach weiteren Beispielen müsse man nicht lange suchen, sagte der Mossad-Mann. Auch in Israel sei die Saat der Zwietracht schließlich aufgegangen, welche die Engländer gesät hätten. Und die trage bis heute noch Früchte. Diese englische Manier der Weltherrschaft sei nun ja auch bei den Amerikanern in Mode gekommen, die in ihrem imperialen Größenwahn auf den Spuren ihrer Ahnen wandeln würden, so der Mossadchef. Und er sagte Onkel Sauberger, er solle seine koptischen Freunde unbekannterweise von ihm grüßen, und sie sollten sich von der Regierung keinen Bären und auch keine Schweinegrippe aufbinden lassen …

Es gab also gar keine Schweinegrippe! Nichts musste gerettet werden. Es war die korrupte ägyptische Regierung, die sich selber retten wollte.

So kam es, dass Onkel Sauberger und seine koptischen Freunde die Wahrheit über das Komplott der Regierung erfuhren. Vielleicht war das ja der Beginn des Arabischen Frühlings, wer weiß das schon so genau? Statt sich gegenseitig an die Gurgel zu gehen, trafen sich die unterschiedlichen Volksgruppen von nun an auf dem Tahrir-Platz zum Demonstrieren und jagten ihren korrupten Machthaber schließlich gemeinsam vom Thron.

Kein Wunder also, dass Onkel Sauberger von vielen als Wegbereiter des Arabischen Frühlings angesehen wird. Seine Heldentaten werden seither auf den Marktplätzen besungen und haben in Form von zahlreichen Liedern und Gedichten Eingang in die Volkskunst gefunden. Und das nicht nur in Ägypten, sondern auch in Israel, im Norden Afrikas und noch in vielen anderen Ländern dieser Welt.

Leider währte der Arabische Frühling nur kurz. Aber daran ist nicht Onkel Sauberger schuld. Wahrscheinlich verhält es sich mit dem Frühling ja wie mit dem übrigen Wetter im Nahen Osten: Wenn's mal regnet, dann gleich heftig. Aber genauso schnell, wie der Regen kommt, ist er auch schon wieder vorbei.

»Und nun?«, fragte Onkel Sauberger, nachdem wir den Mobilkühlschrank, den mobilen Grill und alle anderen sieben Sachen wieder im Mercedes verstaut hatten und abfahrtbereit auf unseren angestammten Plätzen saßen, Lothar Matthäus hinten in der Mitte zwischen Lena und Yael, ich auf dem Beifahrersitz neben Onkel Sauberger. »Wo möchten die Damen denn als Nächstes hin?«

»Ans Tote Meer!«, schallte es wie aus einem Mund von der Rückbank.

»Ans Tote Meer?«, echoten Onkel Sauberger und ich ebenso unisono voller Entsetzen zurück. Dabei trat Onkel Sauberger, der bereits losgefahren war, so heftig auf die Bremse, dass Lothar Matthäus samt den Damenhandtaschen, die er freundlicherweise auf seinen Knien deponiert hatte, nach vorne durch den Zwischenraum geschleudert wurde. Schmink-täschchen, Schlüsselbunde, Portemonnaies, Tampons und noch vielerlei Dinge mehr regneten auf unseren Schoß, als hätte sich in diesem Augenblick die Büchse der Pandora geöffnet.

»Was um alles in der Welt wollt ihr denn am Toten Meer?«, brüllte Onkel Sauberger, während Lothar Matthäus sich wieder auf den Rücksitz robbte und ich gebrauchte Taschentücher, grellfarbene Lippenstifte, klebrige Bonbons und ausgelaufene Zitronenwaffeln von seiner Hose pflückte und eilig wieder in die beiden Damenhandtaschen zurückstopfte.

»Wir wollen etwas für unseren Teint tun«, sagte Lena ganz bestimmt.

»Genau«, pflichtete Yael ihr bei. »Und außerdem waren wir da noch nie.«

Onkel Sauberger schüttelte verzweifelt den Kopf. »Da habt ihr auch, wenn ich das so sagen darf, nicht viel versäumt«, meinte er. »Ihr wisst, dass ich kein schlechter Mensch bin«, fuhr er nach einer kleinen Pause fort. »Auch hab ich euch wirklich sehr lieb und erfülle euch gerne jeden Wunsch, wie ihr wisst. Aber verschont mich doch bitte mit dem Toten Meer.«

An die lange Diskussion, die daraufhin erfolgte, erinnere ich mich nicht mehr, denn der Gedanke an das Tote Meer katapultierte mich augenblicklich in meine frühesten Teenagerjahre zurück, als meine Eltern mit mir und meinem Bruder einmal dorthin gefahren waren …

Noch vor dem eigentlichen Ziel unserer Reise stärkten wir uns unterwegs in einem orientalischen Restaurant. Das Essen war vollkommen in Ordnung für das Wüstenklima in dieser Region, die, so erklärte uns mein Vater, ein gutes Stück unterhalb des Meeresspiegels lag.

Das Essen war einfach, aber durchaus schmackhaft, fanden mein Bruder und ich. Auch waren wir ganz fasziniert von dem Restaurant, das aus einer Art Beduinenzelt mit reichlich Nomadenflair bestand. Niedrige Tischchen aus runden, fein ziselierten Messingplatten standen dort auf blankem, festgestampften Lehmboden, und bunte Lederkissen dienten als Sitzgelegenheiten. Ein ausgestopftes Kamel thronte in der Zeltmitte und verströmte einen Geruch, der uns Kinder augenblicklich an unseren ersten und einzigen Ausflug in einen Zirkus mit echten wilden Tieren erinnerte. Flankiert wurde das ausgestopfte Kamel von verstaubten Palmen in großen Messingkübeln, die in dem dämmrigen Zelt verheißungsvoll glitzerten. Zumindest für uns Kinder.

»Wenigstens scheint es hier einigermaßen sauber zu sein«, sagte Mutter, während sie mit einem leicht angeekelten Gesichtsausdruck ein feuchtes Tuch aus ihrer Handtasche zog und damit das Tischchen abwischte, an dem wir uns niedergelassen hatten.

Und dann wurde aufgetragen: Falafel mit Tahina und Hummus, frisches Gemüse, verfeinert mit gesäuerten Gurken und Amba. Das Beste, was das Wüstenklima an Köstlichkeiten zu bieten hatte. Gesund und durch und durch nahöstlich. Und mit Sicherheit ganz biologisch, auch wenn das damals in den Achtzigerjahren noch niemand so nannte. Dazu tranken wir Mangonektar.

»Schmeckt es euch?«, fragte mein Vater und sah uns zu, wie wir uns wortlos die Münder vollstopften. Er und unsere Mutter hielten sich krampfhaft an zwei Gläsern Wasser mit Kohlensäure fest und rauchten dazu Zigaretten. Wir hatten damals keine Ahnung, warum unsere Eltern nichts aßen, aber das war uns herzlich egal. Wir hatten Kohldampf und mampften alles in uns rein, was wir zu fassen kriegten. Hauptsache, wir wurden satt.

Pantomimisch, weil es uns strengstens untersagt war, mit vollem Mund zu sprechen, signalisierten wir mit öligen erhobenen Daumen: Alles klar, schmeckt herrlich.

»Sehr gut«, sagte mein Bruder Gabriel nach seinem letzten Bissen.

»Wirklich?«, sagte unsere Mutter skeptisch.

»Gut«, sagte ich. »Nicht schlecht.«

»Wie könnt ihr so etwas nur essen«, sagte unsere Mutter, »das sieht ja furchtbar aus.«

»Lass sie doch essen, wenn sie so was mögen«, sagte unser Vater.

»Ich lasse sie doch«, sagte unsere Mutter schnippisch. »Ich finde es einfach nur interessant, dass sie so ein ganz anderes Geschmacksempfinden als ihre Eltern haben.«

»Da hast du vollkommen recht«, sagte unser Vater. »Unsere Söhne haben einen ganz anderen Geschmack als wir.«

»Interessant, wie unterschiedlich Kinder und Eltern doch sein können«, sagte Mutter und nahm einen kräftigen Zug von ihrer Zigarette.

»Seid ihr fertig?«, fragte Vater.

»Vergesst nicht, viel zu trinken«, sagte Mutter.

Wir tranken unseren Mangonektar aus.

»Satt?«, fragte Vater.

»Im Moment schon«, sagte mein Bruder.

»Dann lasst uns gehen«, sagte Mutter.

Draußen gab es ein Dutzend Ziegen, fünf echte Kamele und zwei Esel, als Attraktion für Kinder. Nur dass überhaupt keine Kinder da waren. Auf einem Schild stand *Hawat Hajot* und darunter in ungelenken lateinischen Buchstaben: Welcome Animal Farm.

»Wie mager diese Tiere sind«, bemerkte meine Mutter. »Scheinen ausgehungert zu sein.«

»Wir sind hier in der Wüste«, entgegnete mein Vater vielsagend.

»Was soll das heißen?«, fragte Mutter.

»In der Wüste«, sagte Vater, »da gelten andere Regeln.«

»Sie sind sooo mager«, sagte Mutter. »Die Ziegen geben bestimmt keine Milch mehr, so mager, wie sie sind.«

»In der Wüste kann das ein Vorteil sein«, sagte Vater.

»Was?«, sagte Mutter. »Was kann ein Vorteil sein?«

»Mager zu sein«, sagte Vater.

»Die Tiere sind *krankhaft* mager«, sagte Mutter. »Vielleicht sollten wir etwas sagen.«

»Zu wem?«, sagte Vater. »Lass uns weiterfahren.«

»Kann ich das Kamel reiten?«, fragte mein Bruder.

»Nein!«, sagte Mutter streng. »Diese armen Tiere können nicht geritten werden. Dass sie so mager und noch am Leben sind, grenzt sowieso schon an ein Wunder.«

»Wir fahren jetzt weiter«, sagte Vater. »Wir haben gegessen und getrunken. Los geht's.« Meine Mutter schielte immer noch zu den Tieren hin und schüttelte ungläubig den Kopf.

»Kommt ihr?«, sagte Vater.

»Aber kann ich nicht doch noch das Kamel reiten?«, fragte mein Bruder.

»Nein«, sagte Vater, »wir fahren jetzt!«

»Diese armen ausgehungerten Tiere«, murmelte Mutter vor sich hin.

Langsam gingen wir zum Auto.

Die Tiere schienen sich mit letzter Kraft von uns zu verabschieden, zumindest schwenkten ein paar von ihnen ihre knochigen Hälse und guckten in unsere Richtung.

»Kriminell«, sagte Mutter und zündete sich eine Zigarette an.

Vater öffnete die Autotür. Wir stiegen alle ein.

Im Auto war es, gelinde gesagt, brütend heiß. Unsere Rücken und Hinterteile brannten, wo sie mit den Autositzen in Berührung kamen, und mein Bruder und ich bereuten zutiefst, am Morgen trotz aller Warnungen unseres Vaters auf kurzen Hosen bestanden zu haben. Draußen brannte gleichgültig die Sonne vom Himmel herunter.

Blöde, arrogante Zicke, dachte ich in meiner kindlichen Unbedarftheit und zog mir mein Käppi tief ins Gesicht.

Die Hitze war an diesem Tag nicht anders als sonst. Die blendende Sonne oben, der glühend heiße Sand unten, unter unseren Füßen. Wir schwitzten. Aber das war normal, vollkommen normal.

Am Ufer des Toten Meeres lagen nur wenige Menschen, auf den ersten Blick unförmige Klumpen, die sich offensichtlich schwarzen Schlamm auf Gesicht und Körper geschmiert hatten, so dass man nur das Weiße um ihre Pupillen herum leuchten sehen konnte. Andere lagen, alle Viere von sich gestreckt, auf dem Wasser wie von unsichtbaren Händen gehalten. Ab und zu kam ein Hauch von Bewegung auf, wenn jemand in Zeitlupe vom Rücken auf den Bauch rollte, um sich dann, Salzwasser spuckend und fluchend sogleich wieder in die Rückenlage zu drehen. War offensichtlich gar nicht so einfach, am Toten Meer den toten Mann zu markieren. Tot, toter am totesten. Diejenigen, die sich am längsten in der Rückenlage halten konnten, waren vermutlich schon am längsten hier. Oder echte Profis in der Kunst, sich totzustellen. Kein Wunder, dass das Meer so heißt, wie es heißt, zumindest in den meisten europäischen Ländern.

Totes Meer heißt es auf Deutsch,
Dode Zee auf Niederländisch,
Döda havet auf Schwedisch,
Dauðahafið auf Isländisch,
Dead Sea nennen es die Engländer,
Mer morte die Franzosen,
Mar morto die Italiener und die Portugiesen,
Mrtve more sagen die Slowaken,
und die Rumänen sagen Marea Moartă dazu.
Nur auf Hebräisch heißt es schlicht Jam Hamelach, das Salzmeer.

Da stand ich also am Ufer des so heiß ersehnten Toten Meeres, dem ich aufgrund seines Namens alle möglichen mystischen, unheimlichen und fantastischen Qualitäten zugeschrieben und mir weiß Gott was darunter vorgestellt hatte. Jedenfalls nichts, was auch nur im Entferntesten mit dem Anblick zu tun hatte, der sich mir nun tatsächlich bot: vereinzelte Menschlein, die wie Hundekot an der Wasseroberfläche trieben. Jedenfalls sah das damals so für mich aus, und ich ekelte mich vermutlich noch viel schlimmer als meine Mutter zuvor in dem arabischen Restaurant. *Shit on the Water* summte ich zum Sound des Klassikers von Deep Purple, um gegen den Ekel und gegen die Enttäuschung anzukämpfen, die mich angesichts der zumeist dickleibigen und in meinen Augen asbach-uralten Touristen überkommen hatte, die da träge in der trüben Brühe dümpelten. *Shit on the water, fire in the sky, Shit on the water, fire in the sky.* So sang ich tapfer gegen meine Tränen der Enttäuschung an, und es war mir in diesem Augenblick total egal, dass ich meine Eltern und meinen Bruder plötzlich nirgends mehr sehen konnte. Im Gegenteil, es war mir sogar ganz recht, denn dann konnten sie mich und mein verheultes Gesicht nicht sehen. *Shit on the water, fire in the sky,* sang ich immer lauter und inbrünstiger, als ich mit einem Mal ein Paar Augen an mir heften fühlte. Tatsächlich stand neben mir ein Mann. Er war vollkommen schwarz gekleidet und trug einen schwarzen Hut auf dem Kopf. Sein Bart war ebenfalls pechschwarz und lang. Ich musste an ZZ Top und Viva Las Vegas denken.

»Schalom«, sagte der Mann.

Ob er wohl mich damit meint, fragte ich mich. Doch außer mir und ihm war sonst niemand da.

Warum spricht dieser Mann mich an, fragte ich mich. Warum ausgerechnet so ein komischer Kauz anstatt einer jungen, hübschen, halbnackten Frau, die doch viel besser zu meinem Alter und meinen feuchten Träumen gepasst hätte? Aber da war weit und breit keine nackte Frau, sondern nur dieser sorgfältig für den tiefsten Winter angezogene Mann, der mich an einen Pinguin erinnerte. Und das bei fünfundvierzig Grad im Schatten! Kein Wunder, dass er zum Himmel stinkend nach Schweiß roch. Wahrscheinlich gehört so etwas Profanes wie ein Deo zu den vielen Tabus der Religiösen, dachte ich mir.

»Junger Mann«, sagte der Pinguin und lachte. »Ganz schön warm hier, nicht wahr? Aber diese Hitze ist gar nichts im Vergleich zu dem, was Gott für uns erlitten hat. Und Elohim hat viel für uns gelitten. Das En Sof, mein lieber junger Freund, das Unendliche, als Gott noch unendlich war, ist durch die Erschaffung der Welt klein geworden und geschrumpft. Das ist es, was wir in der Kabbala Tzimtzum nennen, die Einschränkung. Um die Welt zu erschaffen, hat Gott sich enorm eingeschränkt. Ja, er hat viel für uns geopfert. Um die Welt zu erschaffen, hat er viel von sich gegeben. Er hat von seiner Göttlichkeit abgegeben, nur damit wir und diese Welt existieren können. So einen Gott haben wir, mein lieber junger Freund. Es verhält sich also gar nicht so mit Gott, wie man immer denkt. Er ist weder allmächtig, noch ist er ganz. Er war eine Einheit, bis er sich einschränkte. Das nennen wir Tzimtzum, nicht zu verwechseln mit irgendwelchen Ohrgeräuschen, die so ähnlich klingen. Das Große wurde dadurch klein, und das Wesen Gottes ist also nicht mehr vollkommen wie noch vor der Erschaffung der Welt und der Menschen. Verstehst du das, mein lieber Freund? Sind diese meine Worte für dich einigermaßen verständlich? Kannst du ihnen folgen? Ja, ich weiß, das ist nicht einfach. Mir ist auch klar, dass Jungs wie du sich mehr für das Meer und für Fußball interessieren, aber was ich dir sage, ist um keinen Deut weniger wichtig als all die anderen Dinge, die dir am Herzen liegen. Gott ist der Wichtigste. Und so ein Gott, der seine Vollkommenheit für uns geopfert hat, ist mehr als ein perfekter Gott. Die meisten Menschen, die Gläubigen jedenfalls, sie halten Gott für die Vollkommenheit schlechthin. Aber das stimmt nicht, mein Freund. Diese Menschen liegen vollkommen falsch. Dabei wollen sie nichts Böses, nein, das glaube ich nicht, sie sind bloß unwissend. Denn wenn Gott so vollkommen wäre, wie die Menschen glauben, warum haben wir dann so eine durch und durch unvollkommene Welt? Das ergibt ja überhaupt keinen Sinn. Gott musste seine Vollkommenheit opfern, er schränkte sich ein, er vollzog das Tzimtzum. Seit dem Tzimtzum ist alles anders als je zuvor. Zuvor war alles Gott. Alles war eins, eins war alles. Alles war alles, mein Lieber. Ist das nicht schön? Ist es nicht schön zu wissen, dass Gott sich für uns klein gemacht hat? Er war größer als nur groß. Riesengroß war er. Jetzt ist er es auch,

174

äußerst groß, aber nicht mehr unendlich groß. Verstehst du, mein Freund? Ja, ich weiß. Diese Dinge sind nicht einfach zu verstehen. Ganz bestimmt nicht für Jungs in deinem Alter. Nicht einmal für Erwachsene. Ich habe selbst große Schwierigkeiten mit dem Tzimtzum. Denn dabei handelt es sich um eine ganz andere Sichtweise, als sie von den meisten jüdischen Gemeinden vertreten wird. Es ist eine Sichtweise, die sie verurteilen, ja geradezu als ketzerisch betrachten. Natürlich ist das für normale Gläubige schwer zu verstehen. Dass Gott nicht allmächtig und vollkommen ist. Aber in diesem Punkt irrt sich die Religion. Und nur die Kabbala ist in die Mystik solcher Geheimnisse eingeweiht. Die Welt ist ein Baum. Ein Organismus. Wie das Meer und die Sterne, so ist die Welt. So sind die Menschen. Gott hat uns alles gegeben. Von sich hat er uns alles gegeben. Wir sind sozusagen Gott. Nicht ganz Gott natürlich, aber kleine Götter. Alle von uns. Erwachsene und Kinder. Die Natur. Nichts ist ohne Gott. Dank Tzimtzum wissen wir all das. Denn Tzimtzum ist eine Tatsache.«

Als der Mann in seiner Rede fortfahren wollte, standen plötzlich meine Eltern und mein Bruder neben mir.

»Hier«, sagte mein Bruder und reichte mir ein schon reichlich geschmolzenes Eis und ein paar Bazooka-Kaugummis. »Der Kiosk-Verkäufer konnte nicht rausgeben, also hat er mir statt des Kleingelds die Kaugummis gegeben«, erklärte er mir.

»Und wer sind *Sie*, bitteschön?«, fragte meine Mutter den Mann neben mir.

»Gestatten, Schlomo mein Name«, sagte der schwarz gekleidete Mann, »ich bin Kabbalist.«

»Und was machen Sie da mit meinem Sohn?«, erkundigte sich meine Mutter.

»Er hat mir vom Tzimtzum erzählt«, sagte ich.

»Vom was?«, fragte meine Vater.

»Von Gott«, sagte Schlomo. »Glauben Sie an Gott?«

»Glauben Sie an den dialektischen Materialismus?«, erwiderte mein Vater mit einer Gegenfrage.

»Was meinen Sie damit?«, fragte Schlomo. »Ich weiß nicht, wovon Sie reden. Aber ich weiß so einiges über Gott. Wollen Sie etwas über ihn erfahren? Über Gott? Über Tzimtzum?«

»Was für ein Simsum?«, sagte Mutter.

»Tzimtzum«, korrigierte ich sie.

»Wollen Sie mehr darüber erfahren?«, fragte Schlomo.

»Wollen Sie mehr über den dialektischen Materialismus erfahren?«, fragte mein Vater.

»Wenn es mit Gott zu tun hat«, meinte Schlomo.

»Ja und nein«, lachte mein Vater.

Schlomo nutzte die kurz entstandene Pause, um seine Frage noch einmal zu wiederholen, ob da sei-

176

tens meiner Eltern Interesse bestünde, mehr über Tzimtzum zu erfahren. Gerne würde er ihnen alles mitteilen, was er darüber wisse.

Meine Eltern aber hatten ganz und gar keine Interesse daran und zogen mit ihren Eis schleckenden Kindern von dannen.

»Na gut«, maulte Yael, »dann fahren wir nach Nazareth.« Auch Lena schien nicht sonderlich begeistert
von dieser Idee. Sie zuckte lustlos mit den Schultern
und setzte ihre Sonnenbrille auf, so dass nur noch ihr
schmollender Mund zu sehen war. Onkel Sauberger
wertete dies als unausgesprochene Zustimmung.

Ich hatte, wie schon gesagt, die Debatte um unser nächstes Reiseziel nicht richtig mitbekommen
während meines gedanklichen Ausflugs ans Tote
Meer, aber offensichtlich war es mein Boss Lothar
Matthäus gewesen, der den Wunsch geäußert hatte, einen Abstecher nach Nazareth zu machen. Dass
Rabbi Avramoff sich so gar nicht meldete und sich
offensichtlich überhaupt nicht mehr dafür interessierte, ob und wann wir zurückkommen würden,
schien ihm Kopfzerbrechen zu bereiten. Das ver-
hieß wohl nichts Gutes für seinen weiteren Ver-
bleib als Trainer von Maccabia Netanja, und ich
mutmaßte, dass er sich von einem Besuch der heiligen Stätte vielleicht irgendeine göttliche Eingebung
erhoffte. Schließlich war er ein guter Katholik, so
dachte ich jedenfalls. Und so wendete Onkel Sauberger gekonnt den klimatisierten Mercedes, und
wir brausten statt ans Tote Meer nach Nazareth.

Die Stimmung im Wagen war allerdings an einem Tiefpunkt angelangt. Niemand sagte etwas. Auch das Radio blieb ausgeschaltet, und wieder versank ich in meiner ganz eigenen Gedankenwelt, die mich vorauseilend nach Nazareth trug, wo ich zuletzt vor vielen, vielen Jahren gewesen war, genauer gesagt um die Jahrtausendwende herum …

Damals besuchte mich ein guter alter Bekannter aus London in Israel. Shuff war ein berühmter DJ und organisierte *die heißesten Rock-Nächte* in der Hauptstadt des Vereinigten Königsreichs. Mein Freund Kuti, mein Bruder und ich hatten für ihn auf der Straße Flyer an Passanten verteilt, ob die nun einen haben wollten oder nicht. Und das bei jedem Wetter, das in London ja meistens kalt und nass ist.

Shuffs Herz schlug für den Rock 'n' Roll, daran bestand kein Zweifel. Und unsere Herzen ebenso.

In seinen früheren Jahren war Shuff Bassist einer halbwegs bekannten englischen Band gewesen, und eine seiner früheren Freundinnen war Bassistin der Ende der 80er-Jahre in Amerika wohl berühmtesten weiblichen Hard-Rock-Band *Vixen* gewesen. Ich kann mich noch gut daran erinnern, wie mein Bruder Gabriel und ich damals sehnlichst darauf warteten, dass es endlich Mitternacht wurde, denn dann lief auf MTV unsere Lieblingssendung *Headbangers Ball* mit den jeweils neuesten Video-Clips von *unserer* Musik und Interviews mit *unseren* Musikern. Dort hatten wir auch einige Videoclips dieser Frauenband gesehen, eine erfrischende Abwechslung und eine echte Bereicherung für die Sendung, in der ansonsten fast ausschließlich Männer mit langen, meist fettigen Haaren zu sehen waren. Rocker eben, wie auch mein Bruder und ich welche waren. Und unser Freund Kuti natürlich. Und Shuff.

In einer Zeit, in der Gott einen längst verlassen hatte, suchte man sich eben einen Platz, an den man hingehörte. Einen Platz, an dem man sich zu Hause fühlte. Einen Platz, von dem man dachte, es wäre der eigene. So denkt man eben, wenn man jung ist. Die Naivität der Jugend ist in dieser Hinsicht verklärend süß, verbunden mit einer Nostalgie, die die Jugendjahre im Nachhinein schöner erscheinen lässt, als sie es tatsächlich war. Mit Schaudern denke ich heute an die kalten und nassen Tage auf Londons Straßen zurück, an denen wir den vorbeihastenden Passanten unsere Flyer aufnötigten. Denn schließlich wurden wir nach der Anzahl der verteilten Werbezettel bezahlt. Und hatten kein Geld für ein regendichtes Cape und Handschuhe. Naivität ist das Privileg der unerfahrenen Jugend, doch die Welle der Nostalgie macht mitunter auch vor Erwachsenen nicht Halt. Im Gegenteil: Sie verstärkt sich, bauscht sich auf zu einer Monsterwelle, bis sie sich schließlich über dem guten alten Sarg bricht und dort in sich zusammenfällt, um das Ende zu besiegeln. Der Tod kann in mancher Hinsicht auch ein Erlöser sein.

Doch die Jugend, noch weit entfernt von der letzten Ruhestätte, ist naturgemäß stets einer besseren Zukunft zugewandt, weshalb sie unbedingt etwas braucht, dem sie sich zugehörig fühlt.

Etwas Größeres.

Eine Clique.

Eine Band.

Einen Club.

Eine Gemeinschaft.

Eine Institution.

Einen Staat.

So wird das Spiel der Jugend, gefangen in einem immer ausgreifenderen Rahmen, irgendwann selbst institutionalisiert, wird toternst und zu einem stumpfsinnigen Ritual.

Die Zugehörigkeit hat manchmal einen hohen Preis. Letztendlich aber wird man früher oder später dazu gezwungen, den Tatsachen ins Auge zu blicken und zu sehen – dass man alleine ist. Jede Zugehörigkeit ist eine Lüge. Man wird allein geboren und stirbt allein, sagte ich mir. Die Zugehörigkeit dazwischen, zwischen Geburt und Tod, ist eine Illusion. Nur Kinder und Dummköpfe denken über einen *höheren Sinn* nach, denn sie haben sich einer fremdbestimmten Zugehörigkeit angepasst.

Zunächst verspürten mein Bruder und ich eine Affinität zum Fußball, dann zur Musik. Das war der Ausdruck unseres jungen Daseins in einer Welt ohne Sinn. Wir wollten, als soziale Wesen, Teil von etwas Größerem sein, mit dem wir uns identifizieren, mit dem wir verschmelzen konnten. Und so sucht ein jeder von uns in dieser sinnfreien Welt, und findet doch nie, was er sucht. Es existiert nur die Suche, ohne jedes Finden, denn die Suche selbst ist das Finden.

Die Musik, die wir damals hörten, war eine Musik für Außenseiter, für Leute, die zumindest durch ihr Aussehen und ihre Lebensweise gegen die Welt rebellierten. Und Shuff kannte natürlich alle großen Namen im Musikgeschäft. So verteilten wir, stolz darauf, zu den Rebellen zu gehören, auf den oft vom Regen glitschigen Londoner Straßen für unseren Freund Shuff die Flyer und wurden dafür geadelt als *Promoter*, was doch weitaus nobler klang als – ja, was eigentlich? Flugblattverteiler, Groupie oder Fan? Egal, ich machte meine Arbeit gut, und wenn das Wetter mal nicht allzu garstig war und ich nicht ausrutschte und sprichwörtlich in der Gosse landete, dann hatte ich sogar Spaß daran.

Mein Verhältnis zu Shuff war unkompliziert, er war der beste Chef, den ich je hatte. Und irgendwann war er mehr Freund als Chef. Und so kam es, dass ich im Jahr 1998 einem israelischen Rock-Club vorschlug, Shuff für einen Abend einzuladen und Shuff ins Heilige Land geflogen kam, um einen Abend lang als Discjockey Musik zu machen. Natürlich wollte er auch ein paar der unzähligen Attraktionen des Landes besichtigen. Allerdings blieb uns dazu nicht allzu viel Zeit, denn ich hatte damals einen ziemlich stressigen Job.

»Du musst wissen, dass praktisch jeder einzelne Stein in diesem Land ein Hingucker ist«, sagte ich zu Shuff. »Und es gibt praktisch nichts, was hier nicht heilig ist.«

Shuff lächelte.

»Nazareth!?«, sagte ich daher. Denn rein kilometermäßig war es dorthin nicht allzu weit.

»Nazareth? Klingt gut«, sagte Shuff, der natürlich in erster Linie an die schottische Band dieses Namens dachte, die dem Heavy Metal schon früh den Weg bereitet hatte.

Als ich ganz in der Nähe der Verkündigungsbasilika endlich einen Parkplatz gefunden hatte, klingelte mein Handy.

Damals arbeitete ich bei einer Firma, die rumänische Bauarbeiter für Großbaustellen in Tel Aviv rekrutierte, und mein Job bestand darin, mich um diese während ihres Aufenthalts in Israel zu kümmern. Den Job, den ich kurz vor Beginn meines Philosophiestudiums in Haifa gut gebrauchen konnte, hatte ich wohl wegen meiner rumänischen Sprachkenntnisse bekommen. Allerdings hielt ich es in dieser Ausbeuterklitsche gerade mal vier ganze Wochen aus. Bei der Firma, die die rumänischen Arbeiter in echten Dreckslöchern unterbrachte, was der Massenkäfighaltung von Hühnern verblüffend ähnlich war und die den Ärmsten aller Armen wahre Hungerlöhne zahlte, handelte es sich um einen Familienbetrieb. Und das war auch gut so – für den Betrieb, meine ich. Denn in einem Familienunternehmen bleibt doch in aller Regel vieles unausgesprochen, was tatsächlich unaussprechlich ist. Mein Chef war nur wenige Jahre älter als ich und außerdem verwandt mit dem eigentlichen Chef, einem nicht nur körperlich ziemlich fetten Parteimitglied des rechtspopulistischen Likud-Blocks. Und genau so, wie es sich für einen Faschisten ziemt, so wurde dieses Geschäft betrieben, das natürlich offiziell von dessen Frau geführt wurde, um ihm, dem Parlamentarier, eine weiße Weste zu sichern. Also alles ganz legal, wie sich das für einen Politiker gehört.

Mein Chef, also der Verwandte dieses faschistischen fetten Politikers, rief mich nun an, obwohl er wusste, dass ich mir diesen Tag frei genommen hatte. Ich ging nicht ran. Es war ja mein freier Tag. Und diese faschistische Firma mit ihrem faschistischen Führer und Kapo war mir so widerwärtig, ja so unerträglich, dass ich mich mehr als nur ekelte, wenn ich nur daran dachte. Was in dieser Firma passierte, war einfach unerträglich und widerlich. Und was meinen stets brüllenden Chef anging, so hätte man diesen Unmenschen im metaphysischen Sinne wohl als »böse« bezeichnet. Aber hier ging es nicht um Metaphysik, sondern schlicht und ergreifend um Abschaum. Wenn ich meinen Chef sah oder auch nur hörte, so schämte ich mich, ein Mensch zu sein.

Ich ließ das Handy also klingeln, bis es nach einer gefühlten Ewigkeit endlich verstummte.

Shuff fragte mich, ob alles in Ordnung sei. Ich erklärte ihm die Lage. »Diese Menschen sind schlimmer als Tiere«, sagte ich zu ihm. »Sie beuten skrupellos andere Leute aus, die keine Chance haben, sich zu wehren. Kein Tier tut so etwas. Nur Menschen können so etwas Unmenschliches tun.« Es ekelte mich derart vor diesen Typen, dass ich heute nicht mehr weiß, wie ich es damals überhaupt einen Monat lang in dieser Firma ausgehalten hatte. Leider waren es genau solche Menschen, die in Israel und auch weltweit das Sagen hatten.

Und wieder klingelte mein Handy. Und es klingelte und klingelte und klingelte.

»Willst du nicht doch mal rangehen?«, fragte Shuff irgendwann genervt. Und ich tat ihm den Gefallen.

»Hallo?«

Zum Glück war es Onkel Sauberger. Er rief mich aus Budapest an und sagte, er stehe gerade in der Nähe von der großen Synagoge an der Dohány-Straße vor einer ausgezeichneten Metzgerei, wo die

Paprikasalami einem auf der Zunge schmelze wie Schneeflocken im Hochsommer. Und dann erzählte er mir von einer Begegnung der besonderen Art, wie er sie eigentlich am laufenden Band erlebte. Also gar nichts Besonderes eigentlich. Sondern nur eine weitere von den typischen Onkel-Sauberger-Geschichten, die es wirklich verdient hatten, aufgeschrieben zu werden.

Just in dem Augenblick, als er den Laden betreten wollte, um sich eine kleine Gaumenfreude zu gönnen, habe ihn ein Mann mit Schläfenlocken angesprochen.

Pause.

»Hallo?«, rief Onkel Sauberger.

Die Verbindung war offensichtlich gestört.

»Hallo?!«, rief ich.

Doch da waren nur Störgeräusche.

»Hallo«, rief Onkel Sauberger, »hörst du mich jetzt wieder?«

»Jetzt höre ich dich«, sagte ich. Und Onkel Sauberger erzählte weiter.

»Onkel Sauberger«, sprach ihn der religiöse Jude vor dem unkoscheren Laden des ungarischen Fleischhauers namentlich an. Er kannte ihn also von irgendwoher.

Was er denn von ihm wolle, fragte Onkel Sauberger den Schläfenlockenmann. Doch der reagierte nicht.

»Hallo? Hallo!«, sagte da Onkel Sauberger zu

ihm, um ihn aus seiner Geistesvergessenheit zu wecken.

»Wissen Sie, lieber Onkel Sauberger«, sagte da der Jude und hielt wieder inne.

»Was, was soll ich wissen?«, fragte Onkel Sauberger, nun schon etwas genervt von dem schleppenden Verlauf des Gesprächs.

»Das Wort, das sie mir soeben zugerufen haben«, sagte der Mann mit den Schläfenlocken und dem großen Hut.

»Was für ein Wort?«, fragte Onkel Sauberger. Er wollte nun wirklich endlich in den Laden, die Paprikasalami probieren. Sofort.

»Hallo«, sagte da der Mann mit dem langen Bart.

»Hallo?!«, echote Onkel Sauberger zurück.

»Jawohl«, sagte der Jude.

»Hören Sie, ich würde nun wirklich gerne in den Laden, wenn Sie erlauben«, sagte Onkel Sauberger in dem Bemühen, trotz seiner Genervtheit höflich zu bleiben.

»Ich meine«, sagte der Mann in dem mittelalterlichen Gewand, das Wort ›Hallo‹ ist ein ungarisches Wort.«

»Ein ungarisches Wort?«, sagte Onkel Sauberger.

»Ja, mein lieber Sauberger«, sagte daraufhin der Jude. »Die meisten Menschen, ja, die ganze Welt denkt, das Wort Hallo, wie man es meist beim Telefonieren verwendet, sei ein englisches oder französisches oder deutsches Wort. Ist es aber nicht. Nicht englisch, nicht französisch, nicht deutsch. Nicht mal hebräisch.«

»Aha, so so«, sagte Onkel Sauberger etwas ungeduldig.

»Es ist ein ungarisches Wort«, sagte der Jude.

»Alson ungarisch«, sagte Onkel Sauberger.

»Natürlich«, sagte der Jude. »Puskás. Kennen Sie Puskás?«

Natürlich kannte Onkel Sauberger Puskás. Alle kannten Puskás, den Fußballspieler. Einer der besten Fußballspieler aller Zeiten. Alle kannten ihn!

»Ich meine nicht den Fußballer, nicht Öcsi, sondern Tivadar«, sagte der Jude.

»Tivadar?«, fragte Onkel Sauberger. »Tivadar Herzl?«

»Nein, nein!«, sagte der Jude. »Tivadar Puskás.«

»Ach so«, sagte Onkel Sauberger. »Puskás. Tivadar.«

»Und?«, sagte der Jude, »kennen Sie ihn?«

»Nein«, sagte Onkel Sauberger. »Aber wenn Sie erlauben, würde ich gern in den Laden …«

»Ich auch«, sagte da der Schläfenlockenmann.

»Sie?«, fragte Onkel Sauberger ganz erstaunt. »Sie sind aber doch …«

»Jude?«, vollendete der Jude Onkel Saubergers Frage. »Sind Sie doch auch. Ich meine, lieber Sauberger, wir ungarischen Juden sind mit der ungarischen Esskultur aufgewachsen, wenn Sie verstehen, was ich meine …«

»Um ganz ehrlich zu sein, nein«, sagte Onkel Sauberger.

»Nein?«, sagte der Jude.

»Ja, doch«, sagte Onkel Sauberger. »Sie haben eine Schwäche für gutes Essen, meinen Sie das?«

»Richtig«, sagte der Mann. »Vielleicht bin ich religiös, aber ich will nicht hungern. Ich bin so wie Sie. Ich kann … ich kann nicht anders …«

»Verstehe«, sagte Onkel Sauberger.

»Sie verstehen?«, fragte der Jude.

»Natürlich verstehe ich Sie«, sagte Onkel Sauberger. »Ich verstehe Sie sogar sehr gut.«

»Wirklich?«, sagte der Jude. »Mein Rabbi hat kein Verständnis dafür.«

»Was wissen schon die Rabbis«, sagte Onkel Sauberger.

»Ziemlich viel«, sagte der Mann. »Mein Rabbi weiß eine Menge über die Heilige Schrift.«

»Er weiß aber nichts von den wirklich wichtigen Dingen im Leben«, sagte Onkel Sauberger.

»Vielleicht haben Sie recht«, sagte der Mann. »Ich kann ihm aber nicht sagen, was im Leben wichtig ist oder nicht. Er weiß es besser. Er ist ja mein Rabbi, ein großer Mann, ein großer Rabbi.«

»Kommen Sie, lassen Sie uns in den Laden gehen«, sagte Onkel Sauberger und hielt dem Mann die Tür auf.

Wenig später ließen sie sich hauchfein geschnittene Scheiben Paprikasalami auf der Zunge zergehen und sich anschließend jede Menge davon und dazu noch viele andere Leckerbissen einpacken.

»Dass Sie so viele unkoschere Produkte kaufen, verehrter Herr, das verwundert mich nun doch ein wenig. Ist das alles für Sie allein?«, konnte es sich Onkel Sauberger in Anbetracht der riesigen Menge an Würsten und Fleisch, die der Jude schließlich nach draußen trug, nicht verkneifen zu fragen.

»Jawohl, alles für mich, sagte der Mann. »Für mich und den Rabbi.«

»Den Rabbi?«, sagte Onkel Sauberger verwundert. »Dann ist er vielleicht doch nicht so unwissend, wie ich dachte, hinsichtlich der wichtigen Dinge im Leben.«

»Ja«, sagte der Jude. »Er liebt diese Würste und das Fleisch über alles. Er fragt auch nie, woher die Ware kommt. Das will er gar nicht wissen. Einige Male schon habe ich versucht, es ihm zu sagen.«

»Er will es einfach nicht wissen? Das ist gut«, lachte Onkel Sauberger.

»Ja«, sagte der Mann. »Der Rabbi isst nur. Und besteht darauf, dass ich ihm diese Dinge besorge. Woher ich diese Leckerbissen besorge, dafür zeigt er keinerlei Interesse.«

»Heißt er Tivadar Puskás?«, fragte Onkel Sauberger.

»Wer?«, lächelte der Mann. »Der Rabbi? Nein. Der Rabbi heißt Schlojmo Rabbi.«

Wer ist denn dann dieser Tivadar Puskás, den Sie erwähnt haben?«, fragte Onkel Sauberger.

»Oh«, sagte der Jude. »Das ist eine andere Geschichte. Tivadar Puskás ist derjenige, dem das Wort Hallo seine Bedeutung zu verdanken hat. Ich meine, wenn man das Wort beim Telefonieren benutzt.«

»Ach, so ist das«, sagte Onkel Sauberger. »Das ist nun aber wirklich interessant.«

»Genau«, sagte der Mann. »Denn Tivadar Puskás war der Begründer der ersten Telefonzentrale der Welt.«

»Puskás?«, fragte Onkel Sauberger.

»Ja, er«, sagte der Jude. »Als er die Leitung der ersten Telefonzentrale der Welt ausprobierte, sagte Puskás *hallom*, also *ich höre.*«

»Klingt fast wie das hebräische *Chalom*, der Traum«, sagte Onkel Sauberger plötzlich.

»Ja, lieber Sauberger«, sagte der Jude. »Es ist in der Tat traumhaft, was man in diesem Laden so alles kaufen kann. Chalom, ein Traum! Aber von Tivadar Puskás' ungarischem *Hallom* und nicht vom hebräischen *Chalom* kommt das telefonische *Hallo*. Verstehen Sie?«

»So ungefähr«, sagte Onkel Sauberger und holte nun schon das dritte Würstchen aus seiner Tüte, während sie noch immer vor der Metzgerei standen.

»Puskás verdanken wir das weltweite Hallo am Telefon«, sagte der Jude.

»Interessant«, sagte Onkel Sauberger.

»Traumhaft«, sagte der Jude.

»Was ist so traumhaft daran?«, fragte Onkel Sauberger kauend.

»Diese Paprikasalami«, sagte der Jude. »Hallo ...«

»Hallo?«, sagte Onkel Sauberger.

»Chalom«, sagte der Jude. »Ein Traum. Traumhaft. Diese Paprikasalami.«

»Ach so«, sagte Onkel Sauberger. »Ja, wirklich ausgezeichnet.«

»Ein Traum!«, sagte der Jude und biss noch einmal herzhaft in seine Salami.

Irgendwo im Hintergrund klingelte ein Handy.

»*Hallo?*«, sagte Onkel Sauberger zu dem Juden. »Hörst du? Dein Handy klingelt.«

»*Hallo*«, sagte der Jude. »Ich höre.«

Er redete mit dem Rabbi, der ihn offensichtlich darum bat, auf schnellstem Weg zur Synagoge zu kommen.

»Ich muss gehen«, sagte der Jude schließlich zu Onkel Sauberger. »Der Rabbi macht sich schon Sorgen wegen der vielen guten Dinge ...«

»Nicht ganz zu Unrecht«, sagte Onkel Sauberger und lachte.

»Gut, lieber Sauberger«, sagte der Mann. »Dann will ich meinen Rabbi mal nicht enttäuschen. Auf Wiedersehen.«

»War das nun ein kleines Hallo oder ein Chalom?«, fragte mich Onkel Sauberger am Ende der Geschichte durchs Telefon.

»Das war ein traumhaftes Hallo«, sagte ich.

»Mit ungarischem Paprika gewürzt«, lachte Onkel Sauberger. Mir kam es so vor, als würde er etwas kauen.

»Paprikasalami?«, fragte ich.

Stille.

»Onkel Sauberger?«, sagte ich.

Stille.

»Hallo«, sagte ich.

Keine Antwort.

Geräusche.

»Hallo?!«

Direkt vor uns erhob sich die Basilika. Und mit ihr entfaltete sich die Silhouette einer anderen Zeit. Ein Monument der Vergangenheit.

Shuff blinzelte und rieb sich verwundert die Augen, als ob er soeben nicht einem stinknormalen Pkw, sondern einer Zeitmaschine entstiegen wäre.

Aber in Israel brauchte man keine Zeitmaschine.

Man kam nach Nazareth und befand sich sofort in einer weit entfernten Vergangenheit.

Shuff erschien das Alte, das er noch nie gesehen hatte, in einem ganz neuen Licht.

Mir, der ich schon so viele Male hier gewesen war, erschien das alles, wie es wirklich war: alt, einfach nur alt.

Antik.

Antiquiert.

Steine.

Sand.

Sandsteine.

Maria. Jesus. Jesus Maria.

Galiläa.

Nazareth.

Und ich musste plötzlich an Onkel Sauberger denken. Keine Ahnung, warum. Ich musste nicht nur an ihn denken, sondern er erschien mir förmlich im Geiste, so wie anderen Leuten Jesus, Maria oder der Erzengel Gabriel erschien. Onkel Sauberger, umkränzt von hellen Strahlen, lachte mir entgegen, was mich ungemein beruhigte. Vergessen war das klingelnde Handy, vergessen der Drecksjob bei den Faschisten. Nur noch Onkel Sauberger mit Heiligenschein schien über mir und Shuff zu schweben.

Vielleicht, weil ich schon so oft mit ihm hier gewesen war. Denn hier gab es einige gute Restaurants, die von arabischen Christen geführt wurden.

»Hier gibt es für jeden etwas, was das Herz begehrt«, hatte Onkel Sauberger in Nazareth einmal zu mir gesagt. Und dabei hatte er wie Jesus oder einer der Propheten geklungen. Wenn Onkel Sauberger Hunger hatte, klang er sogar wie ein Engel. Göttlich war Onkel Sauberger, wenn er nach Nazareth kam. Und trug dabei eine Aura über seinem runden Kopf wie die Lichtgestalten in der Malerei der Alten Meister. Und auch jetzt sah ich ihn mit seinem rundlichen Leib im Lichtschein durch die Straßen schweben. Auf heiligen Pfaden auf der Suche nach dem nächsten guten Restaurant wandelte er mit einer Leichtigkeit, als ob er übers Wasser ginge. Die Engel sangen im himmlischen Chor, und ich hörte jedes Mal die sonoren Trompeten von Jericho erschallen, wenn wir die Tore von Nazareth durchschritten. Vielleicht war es auch bloß das Knurren des Magen meines Onkels. Keine Trompeten, keine Engel, kein Gott. Nur ein Mensch. Dazu noch ein sehr hungriger. So war das immer in Galiläa.

Wir nannten dies den nazarenischen Hunger.

Es war ein Hunger wie kein anderer.

Ein neutestamentlicher Hunger.

Einfach.

Kompromisslos.

Biblisch.

Kanaanäisch.

Galiläisch.

Nazarenisch.

Einzigartig.

Hier, das wusste Onkel Sauberger, würde es etwas Nahrhaftes und Schmackhaftes zu essen geben. Und wie ein lächelnder Buddha betrat er das Restaurant, zu dem ihn die himmlischen Heerscharen geführt hatten und nahm Platz. Die Restaurantbesitzer kannten ihn alle. Ungefähr so populär wie Jesus damals war er in Nazareth, mein guter Onkel Sauberger. So sieht heute der moderne Jesus aus, dachte ich mir, genau wie mein lieber Onkel Sauberger.

Da riss mich Shuff aus meinen heiligen Gedanken. Was das für ein Auto wäre, das da soeben an uns vorbeigefahren sei, wollte er wissen. Eine laute Schülerschar überholte uns. Die Jungs schrien, lachten und rannten, während das Auto sich langsam entfernte und sich in dem lärmenden orientalischen Straßenbild auflöste wie eine Fata Morgana in der Wüste. Ein Schild leuchtete vibrierend in der Hitze: Vorsicht Kamele. In der Sonne bebte ein Neonlicht. Der Neonhimmel teilte sich wie für Moses das Rote Meer. Eine wilde Taube schnitt die schwitzende Luft. Neonluft, bestehend aus arabischen, hebräischen, russischen und lateinischen Schriftzeichen. Das neue Babylon?, fragte ich mich.

»Das war ein Sussita«, beantwortete ich Shuffs Frage.

Er wusste nichts über das israelische Auto.

Die Schüler waren bereits nicht mehr zu sehen.

»Ja«, sagte ich. »Es gab mal eine israelische Auto-Marke dieses Namens.«

»Wirklich?«, fragte Shuff.

»Und so hat die ausgesehen«, sagte ich und zeigte in die Richtung, in der das Auto verschwunden war. Nun stauten sich dort japanische, französische und amerikanische Wagen in der engen Straßenschlucht und verpesteten die Luft, die auch so schon dick genug war und förmlich zu stehen schien.

Nahöstliches Klima.

Blauer Himmel.

Wolkenlos.

Luftlos.

Asthmatisch.

»Mein Gott, ist es hier heiß!«, stöhnte Shuff.

Der Straßenmarkt spendete trügerische Schatten. Hitzige Händler boten lautstark ihre Waren feil. Gemüse und Obst für die hier Lebenden, Souvenirs und Geschenkartikel für die Touristen, die im Stundentakt durch die Straßen geschleust wurden und, kaum da, auch schon wieder weg waren. Orientalische Kehllaute, orientalische Gerüche. Bunt und intensiv. Holzkreuze. Schmuck. Israelische Fahnen. Menora. Davidstern. Soldaten. Verschleierte Frauen. Unverschleierte Männer. Süßigkeiten. Zigaretten. Eine Unmenge von Waren. Alles zu haben. Für Geld. Schekel oder Dollar oder Euro. Ein Kruzifix für einen Euro. Zehn Kruzifixe für nur fünf Euro. Was machte man bloß mit so vielen Kruzifixen? Schnäppchen und hochwertige Angebote in den vielen Läden. Ein Laden besser als der andere. Gold glänzte in den Vitrinen. Die Sonne strahlte golden von oben. Glanz der Ewigkeit.

Sonnenschlaf.

Sommerschlaf.

Weltschlaf.

Siesta.

Vielleicht wollte ich Shuff meine Kindheit zeigen, die nicht mehr da war.

Sie schlief in aller Unschuld, honigsüß.

Nur noch ein längst ausgeträumter Traum.

Für immer und ewig.

Endgültig.

Vorbei.

Als ich noch die Grundschule in Rumänien, die Schule Nr. 15 in Baia Mare, besuchte, kam eines Tages Onkel Sauberger vorbei. Es war gerade große Pause, und ich stand Schlange vor dem neben der Schule gelegenen Imbiss namens Iza, wo man für Kleingeld Langosch kaufen konnte.

Keine Neonlichter.

Keine Reklame.

Nur tristes kommunistisches Einheitsgrau.

Und da standen wir in unseren Schuluniformen,

diszipliniert wie Soldaten, und warteten brav, bis wir an der Reihe waren.

Der Geruch des fettigen, öligen Teiges täuschte unsere damals noch frischen, unverbrauchten jugendlichen Sinne. Man riecht in jungen Jahren anders, sollte ich später mutmaßen.

»Was willst du essen?«, fragte mich Onkel Sauberger, der nun vor mir stand. Damals kam mir Onkel Sauberger wie ein Riese vor. Er war groß, und ich war so klein. Auch die anderen Kinder sahen das wohl so, denn sie ließen ihn ohne Protest in der Warteschlange überholen. Damals hatte man noch Respekt vor den Erwachsenen, und ich selbst lechzte danach, endlich erwachsen zu sein. Dann wäre ich frei und könnte tun, was ich wollte. Und niemand würde mehr zu mir sagen, ich wäre ja noch ein Kind und müsse tun, was mir gesagt werde.

Süße Träume eines Kindes.

Honigsüß.

Wie Halva und Baklava.

Wie reife Datteln.

Ganz bestimmt träumen die meisten Kinder diesen Traum. Sie wollen Erwachsene sein. Und wenn sie endlich erwachsen sind, dann heulen sie und sehnen sich zurück in ihre sorglose Kindheit.

Die honigsüße Kindheit.

So ist das im Leben: Immer wollen wir das, was wir gerade nicht haben. Damals bewunderte ich die allwissenden Erwachsenen. Ich war mir sicher, dass diese Riesen alles wüssten. Ich dagegen wusste nichts über das Leben, ich war ja noch ein Kind. Die Erwachsenen wissen alles, dachte ich damals. Und weil sie in meinen Augen alles über das Leben wussten, wollte ich auch so sein wie sie.

Da stand also Onkel Sauberger, der allwissende Erwachsene vor mir und meinen Mitschülern. Und es war eine große Ehre, wenn so ein Erwachsener ein Kind in der Schule besuchte. Ich fühlte mich also geehrt. Und schon musste ich nicht mehr in der Schlange anstehen. Onkel Sauberger war da!

Mein Onkel wiederholte seine Frage: »Was willst du essen, mein Lieber?«

»Langosch«, sagte ich.

»Warum denn das?«, fragte er.

»Sie haben hier nur das«, sagte ich.

»Langosch«, lächelte die Verkäuferin.

Damals wusste ich nicht, warum sie mit den Wimpern klimperte. Und ich hatte damals keine Ahnung, warum ihre Wangen plötzlich erröteten. Sie wurde auf einmal krebsrot. Und ich konnte damals natürlich nicht ahnen, dass sie sich wohl genau in diesem Augenblick in Onkel Sauberger verliebt hatte.

Ja, sie hatte wohl einen Stich im Herzen gespürt. Und nun blutete ihr Herz, als hätte ein Vampir sie soeben geküsst. Dass die Liebe so blutig war, wusste ich damals natürlich auch noch nicht.

»Warum denn Langosch?«, fragte Onkel Sauberger die errötete Verkäuferin.

»Wir haben nichts anderes hier«, sagte sie.

»Das ist aber nicht gut für Kinder«, sagte Onkel Sauberger.

»Warum denn nicht?«, fragte die Verkäuferin mit einem Zittern in der Stimme.

»Es enthält nicht genug Vitamine«, sagte mein Onkel.

»Was hätten Sie denn gern?«, fragte die zittrige Stimme.

»Meine Liebe«, sagte Onkel Sauberger, »mein Neffe und ich hätten gern etwas Nahrhaftes, wenn ...«

»Was wäre denn etwas Nahrhaftes?«, flötete sie.

»Kotelett«, sagte Onkel Sauberger entschlossen.

»Kotelett?«

»Ja, meine Beste, Kotelett. Schweinekotelett. Naturgemäß vom Schwein. Oder von der Sau. Eber oder Sau, egal. Hauptsache vom Schwein. Denn Sie müssen verstehen ...«

»Verstehen?«, tirilierte nun die Verkäuferin.

»Ja, meine Teure. Ich esse nämlich ausschließlich Schweinefleisch.«

»Kein Problem«, sagte da die Verkäuferin plötzlich.

»Dummchen«, sagte die Verkäuferin und lächelte dabei Onkel Sauberger an.

»Bitte nennen Sie meinen Neffen nicht Dummchen, er ist nämlich ...«

»Du bist ein kluger kleiner Junge«, sagte die Verkäuferin laut.

Und ich freute mich.

»Der kluge Junge hat recht«, sagte die Verkäuferin. Für Schüler gibt es nur Langosch. Für Sie aber, Herr …«

»Sauberger«, sagte mein Onkel.

»Für den Herrn Sauberger gibt es natürlich Kotelett«, sagte sie, »er ist erwachsen und braucht die Kalorien.«

»Die Vitamine«, korrigierte Onkel Sauberger.

»Die Vitamine«, stimmte die Verkäuferin zu. Ihr Gesicht glänzte. Von der Liebe. Und vom Öl der fettigen Teigtaschen, die sie uns Schülern in der großen Pause verkaufte.

Ihre Tonlage hatte bereits eine schwindelerregende Höhe erreicht, als sie nun weiterredete. Und auch das, was sie nun sagte, deutete darauf hin, dass ihr vermutlich schwindelig war, so jedenfalls dachte ich damals. »Herr Sauberger arbeitet viel und schwer, und ihr Kinder macht nur ein bisschen Hausaufgaben und spielt«, sagte sie offenbar zu uns, wobei sie die ganze Zeit Onkel Sauberger tief in die Augen schaute. »Wir Erwachsenen aber spielen nicht.«

»Wir spielen nicht?«, sage Onkel Sauberger und zwinkerte ihr zu.

Die Wangen der Verkäuferin waren inzwischen so rot wie die Flagge der Kommunistischen Partei.

»Wir spielen anders«, sagte die leicht verwirrte Verkäuferin. »Wir spielen mit Fleisch und …«

Da fiel ihr Onkel Sauberger plötzlich ins Wort, fragte sie nach ihrem Namen und rettete sie damit vermutlich vor weiteren Worten, die ihr später sicherlich zutiefst peinlich gewesen wären. Was für ein Gentleman Onkel Sauberger doch damals schon war!

»Piroschka«, sagte die Verkäuferin.

»Piroschka?«, sagte Onkel Sauberger fragend.

»So heiße ich«, sagte die Verkäuferin. »Piroschka.«

»Schöner Name«, sagte mein Onkel. »Sehr schöner Name. Zwei Koteletts bitte, liebe Piroschka.«

»Sofort«, sagte die Verkäuferin. Bald hatten wir unser Schwein. Und es schmeckte herrlich.

Ich musste lachen, als ich daran dachte. Doch das bekam Shuff nicht mit. Er hörte nur die kehligen Laute der arabischen Händler und starrte auf ein Kamel und dessen Meister. Der Meister bot sein Kamel für ein Foto an. Shuff verstand nicht genau, worum es hier ging. Und einen Augenblick später saß er schon auf dem Kamel, das sich langsam und schwerfällig erhob. Der Kameltreiber lachte, denn ihm brachte das ja Geld. Auch das Kamel schien zu lachen. Tatsächlich malmte es nur mit seinem Kiefer. Es kaute offensichtlich an etwas.

»Vielleicht an einem Sussita«, sagte ich unwillkürlich.

Doch Shuff verstand mich nicht.

Er bezahlte den Araber, der ganz überrascht war, weil wir gar keine Fotos von meinem Freund auf dem Rücken des Kamels gemacht hatten. Was daran lag, dass weder Shuff noch ich einen Fotoapparat dabei hatten.

Ich erzählte Shuff von den Kamelen, die diese israelische Automarke, die wir zuvor gesehen hatten, am liebsten fraßen.

Shuff sah mich nur ungläubig an.

»Für Kamele ist dieses Auto ein Hochgenuss, eine wahre Delikatesse«, erklärte ich ihm.

»Das Auto eine Delikatesse?«, sagte Shuff und sah mich an, als ob ich nicht mehr ganz dicht wäre.

»Es ist für die Tiere wie frisches Fladenbrot«, sagte ich.

»Wie bitte?«

»Ja«, sagte ich. »Das Auto ist aus Pappe, aus Papier, und das mögen die Kamele.«

»Wahnsinn«, sagte Shuff, nicht ganz sicher, ob ich einen Sonnenstich hatte, oder ob an meiner Geschichte nicht doch etwas dran war. Schließlich waren wir hier in einem Land, in dem schon viele Wunder geschehen waren. Hier hatte sich immerhin mal das Rote Meer geteilt, auch wenn das schon ziemlich lange her war. Und hier war Jesus über das Wasser gegangen. Und wenn man der Bibel Glauben schenken konnte, dann hatten Wunder in früheren Zeiten in dieser Gegend praktisch zum Alltag gehört.

Und ich sah an Shuffs Miene, dass er mir schließlich doch Glauben schenkte. Jetzt waren wir wirklich in Nazareth angekommen.

»Halleluja«, flüsterte eine in Schwarz gekleidete Nonne, die ein riesiges Holzkreuz umhängen hatte. »Halleluja. Halleluja.«

»Amen«, sagte eine kleine Nonne mit einem noch viel größeren Kreuz.

»Sussita«, sagte Shuff auf einmal.

Ich nickte.

Die Nonnen schauten Shuff an und spielten mit ihren Rosenkränzen.

Amen.

Halleluja.

»Sussita«, sagte ich. »Genau so heißen diese kulinarischen Autos.«

»Das muss ein Meisterwerk sein«, sagte Shuff.

Pause.

Der Kameltreiber lachte laut, bewegte seine Hand hypnotisch wie eine Klapperschlange durch die Luft und sagte: »Aiua, Sussita. Ken, ken. Ja. Yes. Sussita.« Dann stieg er auf sein Tier und ritt von dannen. Und auch wir setzten unseren Weg fort.

Nun waren wir fast da und im genau richtigen Bewusstseinszustand für das, was wir uns vorgenommen hatten. Eine gelöst heitere Stimmung war die ideale Grundlage für jene Seriosität und Andacht, die man zur Besichtigung eines Gotteshauses brauchte. Denn das Lachen ist heilig, und die Ironie der höchste Geisteszustand, den der Mensch in dieser unserer Wirklichkeit erreichen kann.

Zielstrebig gingen wir weiter. Und plötzlich erhob sie sich in ihrer ganzen Größe, Pracht und Herrlichkeit: die Verkündigungsbasilika, Ort der Zuflucht nicht nur für Gläubige, für Neugierige und für Touristen, sondern auch für herrenlose Hunde und Katzen sowie für viele Vogelarten, die hier ein Refugium vor der Hitze fanden.

Alle, wirklich alle kamen hierher. Denn hier konnte man immer noch vortreffliche Geschäfte machen. Fabelhaft. Ausgezeichnet. Und längst noch nicht ausgeschöpft, wenn man den Statistiken Glauben schenken durfte, denen zufolge die Beliebtheit dieses heiligen Ortes drastisch zunahm. Eine Goldgrube, ein Objekt der wachsenden Rendite.

Eintrittspreis 5 Euro, klingt plausibel, sagen die Experten.

Obwohl es mehr wert ist.

Viel mehr.

Der Eintritt in die Kirche.

Und die Kirche hat andere Sorgen, als Steuern zu zahlen.

Denn von den Steuern ist sie immer noch befreit.

Dank Kaiser Konstantin.

Gelobt sei Jesus Christus.

Gelobt sei Kaiser Konstantin.

Und immer mehr Menschen wollen die Verkündigungsbasilika sehen. Und zwar höchstpersönlich. Sie geben sich nicht mehr zufrieden mit Bildern aus dem Internet oder irgendwelchen Büchern. Nein. Sie wollen mehr.

Erfahrung.

Selbsterfahrung.

Eine Reise.

Eine Fahrt.

Eine Himmelfahrt.

Eine ganz private Himmelfahrt.

All inclusive.

Mit Flug, Hotel und Frühstück und vielen Extras mehr.

Sehr viel mehr.

Mehr als nur mehr.

Auch das echte Meer, mit viel Sonne, versteht sich.

Keinen Tag ohne Sonne.

Kein Wölkchen am blauen Himmel.

Zu vernünftigen Preisen, Schnäppchenpreisen.

Topangebote.

Unschlagbar.

Goliath Tui gegen David Studiosus.

Sie wollen dabei sein. Dort sein. Das Ambiente dieses ganz besonderen Ortes auf sich wirken lassen.

Wenn nur die Wände der Kirche sprechen könnten!

Was würden sie uns erzählen?

Nichts. Denn die Steine sprechen nicht. Nicht, weil sie nicht könnten. Gott bewahre, sie könnten uns so allerhand erzählen, denn sie sind schließlich viel älter als Jesus und Nazareth, älter als die Menschheit. Aber sie wollen nicht sprechen. Zu grausam, denken sie. Nicht auszuhalten für Menschen in Birkenstocksandalen und Bermudashorts. Empfindsame gläubige Seelen, die als Schafe nur bei ihrem Schäfer weilen wollen. Und sonst nichts.

Der Rest ist Schweigen.

In Stein gemeißelte Geschichte.

Vollkommen irre.

Ich konnte den Weihrauch riechen. So nah dran waren wir. Endstation. Kirche. Auf einem Schild das Wort *Exit*.

Exit?

Last Exit?

Exit wohin?

Brooklyn?

Sossenheim?

Alles nur Unsinn.

Ich bin.

Wer ist?

Ich.

Bin.

Ich atmete tief ein. Ich inhalierte. Ich dachte, mir würde übel. Mir wurde schwarz vor Augen. Und rot und gelb, blau und weiß. Alles drehte sich, wie in einem Karussell, das nicht mehr zu stoppen war. Mit stockte das Blut in den Adern. Wurde tiefblau. Blau wie das Meer. Mein Gesicht wurde weiß, durchsichtig, blass. Mir war schlecht. Offensichtlich nicht schlecht genug. Bloß ein Gefühl der Ohnmacht. Es verging. Die Schwäche, der Ekel, die Ohnmacht. Alles verging. Nein, sagte ich mir, hier ändert sich nichts, höchstens das Dumme, das noch dümmer wird.

Und siehe: Wir waren schon da.

»Hallo?!«

»Onkel Sauberger?«

»Was zum Teufel ist mit der Verbindung los?«, fragte er aus Budapest.

»Ich höre«, sagte ich. »Hallom. Hallo?«

»Bist du noch dran?«, fragte er.

»Ja, ja«, sagte ich, »ich bin noch dran.«

»Wo war ich stehengeblieben in der Geschichte?«, fragte er.

»Der Jude mit den unkoscheren Metzgerwaren ging zu seinem Rabbi«, sagte ich.

»Genau«, sagte Onkel Sauberger. »Und ich ging zurück in mein Hotel. Es verging nicht viel Zeit, als das Telefon klingelte.

Ob ich Sauberger sei, wurde ich gefragt.

Ja, sagte ich.

Ob ich der berühmte Sauberger sei, wurde ich von der Stimme gefragt.

Was für ein berühmter Sauberger, sagte ich, bin doch bloß Sauberger.

Die Stimme atmete erleichtert auf.

Wer er sei, fragte ich, und ob wir uns denn kennen würden.

Nein, sagte die Stimme.

Woher wissen Sie, wo ich wohne?, fragte ich.

Mit Gottes Hilfe, sagte der Mann. *Beesrat haschem.*

Wie bitte?, sagte ich.

Gott, sagte die männliche Stimme sanftmütig.

Onkel Sauberger sagte nichts.

Der Mann sagte ebenfalls nichts.

Onkel Sauberger?, sagte der Mann nach der Pause. Ob er noch da sei.

Wer sind Sie?, sagte Onkel Sauberger.

Schlojmo, sagte der Mann.

Schlojmo?, sagte Onkel Sauberger.

Ja, Schlojmo, der Rabbi Schlojmo, sagte der Mann, wir kennen uns nicht, aber mein Schüler ...

Ah, sagte Onkel Sauberger.

Schalom.

Schalom.

Rabbi Schlojmo wollte Onkel Sauberger unbedingt kennenlernen. Er lud ihn in eine der größten Synagogen der Welt ein, in diejenige an der Dohány-Straße.

Hier habe ich das Sagen, sagte der Rabbi.

Onkel Sauberger erkundigte sich, ob er dem Rabbi etwas mitbringen solle. Der Rabbi hatte nichts dagegen, er solle aber keinen Tabak mitbringen, lachte der Rabbi. Onkel Sauberger lachte auch, denn er hatte den Witz des Rabbi verstanden. Denn das ungarische *dohány* bedeutet Tabak. Onkel Sauberger sollte also keinen Tabak in die Synagoge an der Tabakstraße mitbringen, sondern lieber etwas anderes. Onkel Sauberger begriff.

Wann er kommen solle, fragte Onkel Sauberger den Rabbi Schlojmo.

Sofort!, sagte der Rabbi.

Sofort?!, fragte Onkel Sauberger nach.

Warum nicht?, sagte der Rabbi.

Nun gut, dachte Onkel Sauberger, warum eigentlich nicht?!

In der Verkündigungsbasilika war es kühl. Die Gläubigen sammelten sich dort, wo angeblich der Erzengel Gabriel Maria erschienen war und ihr den Plan des himmlischen Vaters, Jesus betreffend, kundtat. Der Rest ist biblische Geschichte.

Hier waren wir nun also, Shuff und ich. Wir drehten eine Runde in der Basilika. Shuff sah sich um. Ich gähnte. Gähnend betrachtete ich die vielen Menschen, von denen zweifellos die meisten gläubig waren. Dabei brachte der Glaube doch nichts als die Hölle, sowohl auf Erden, als auch im Jenseits. Zumindest bei den Christen ist das so. Und auch im Judentum werden die Bösen *in lodernden Flammen brennen, schlimmer als Feuer*, so steht es im Buche Henoch, und *niemand wird ihnen helfen*. Und im *Scheol*, in der hebräischen Unterwelt werden die Seelen *Böses erleiden und eine schwere Prüfung durchzustehen haben, in Dunkelheit, Fesseln und brennenden Flammen*. Wenn das keine Hölle ist!

Ja, der Glaube ist die Hölle. Aber ohne Glauben ist es auch die Hölle. Wer an Gott glaubt, wird früher oder später in der Hölle landen. Doch ohne Gott ist es nur eine Frage der Zeit, bis man die Hölle auf Erden errichtet oder erlebt. Der Mensch hängt an Illusionen wie Glaube und Hoffnung, als wäre sein Leben von diesen leeren Begriffen abhängig. Tatsächlich aber ist es der Mensch, der von solchen Täuschungen abhängig ist. Der Mensch will getäuscht werden.

Der Glaube, so dachte ich da in der Basilika, gleicht der Schallplatte, die wohl nie ganz verschwinden wird, trotz CD und MP3-Player. So ähnlich war es auch mit dem lieben Gott, der zwar in gewisser Hinsicht aus der Mode gekommen ist, aber doch noch von vielen hochgehalten wird. Von manchen sogar noch mehr als je zuvor. Das war wie mit den Nazis und den Kommunisten: Sie sind nicht ausgestorben, aber immer noch mehr oder weniger passiv da. Gott ist tot, aber ganz wollen ihn die Menschen dann doch nicht sterben lassen. Und so lebt Gott immer noch in dieser gottlosen Welt, genauso wie die Schallplatten ihr Schattendasein in verstaubten Regalen fristen.

Ich sah mich um nach Shuff, der voller Bewunderung die Orgel in der Oberkirche bestaunte. Dabei handelte es sich um eine saubere Handarbeit aus der Alpenrepublik Österreich. Das Schleifladen-Instrument besaß 49 Register auf drei Manualwerken und Pedal. Die Spiel- und Registertrakturen waren selbstverständlich elektrisch. Da konnte Shuff mit seinem Fender Rhodes vermutlich nicht ganz mithalten.

Da sah ich vor mir eine Gruppe schwarzer Frauen in bunten afrikanischen Kleidern. Sie sprachen amerikanisches Englisch. Dieser Gruppe folgte ein schwarzer Mann, der mir irgendwie bekannt vorkam.

»Schau mal«, sagte ich zu Shuff. »Ist das nicht der Bassist von Eric Clapton?«

»Wo?«, sagte Shuff etwas barsch. Vielleicht hätte ich ihn doch nicht stören sollen.

»Nein«, sagte Shuff. »Er ist es nicht.«

»Doch«, sagte ich. Schließlich hatte ich mir damals unendlich viele Videos von Eric Clapton und seiner Band angesehen.

»Kann nicht sein«, sagte Shuff ungläubig.

Da trat ich zu dem Mann und fragte ihn, ob er Bassist sei.

Der Mann bejahte meine Frage, erstaunt darüber, ausgerechnet hier in Nazareth in der Verkündigungsbasilika erkannt und angesprochen zu werden. Dabei fand ich das gar nicht so ungewöhnlich. Schließlich war Eric Clapton von Gott gar nicht so weit entfernt. Zumindest für die meisten seiner Fans.

Jedenfalls standen wir, Shuff und ich, nun also mit dem Bassisten von Eric Clapton in der Basilika und redeten über ganz banale Dinge, nachdem wir uns miteinander bekannt gemacht hatten. Ob die Verkündigungsbasilika der richtige Ort dafür war, weiß ich nicht so genau. Aber ich erinnerte mich nur zu gut daran, wie beschwingt wir die Kirche nach dieser Begegnung verließen.

Nach einer ordentlichen orientalischen Mahlzeit mit Falafel, Hummus, Schuarma und Baklava und vielen Tassen Pfefferminztee brachte ich Shuff mit dem Auto zurück zu seinem Hotel in Tel Aviv.

»Ich wusste nicht, dass man nach Israel kommen sollte, wenn man Rockstars treffen will«, sagte er beim Aussteigen.

»Nicht nach Israel«, sagte ich scharf.

»Nein?«, fragte er.

»Nach Nazareth!«, korrigierte ich ihn. »Genauer gesagt, in die Verkündigungsbasilika, wo man nicht nur Rockstars, sondern …«

»Gott selbst begegnet«, vollendete Shuff den

Satz. Shuff war ein Mann, dessen Religion Rock 'n' Roll hieß.

Nicht mehr, aber auch nicht weniger.

Rock.

So waren wir in Nazareth vielleicht nicht unbedingt dem lieben Gott begegnet, aber doch immerhin einem Lamm Gottes in der Gestalt eines Bassisten, eine Begegnung, die wir beide nicht so schnell vergessen würden. Als ich nach Hause kam, dämmerte es bereits. Der Tag wurde zur Nacht. *Layla tow*. Gute Nacht.

Epilog

»I pulled into Nazareth, was feeling about half past dead, I just need some place where I can lay my head«, summte ich einen uralten Song vor mich hin, während Onkel Sauberger sich mit hoher Geschwindigkeit den Mauern der heiligen Stätte näherte.

Ob wir dort ein Plätzchen finden würden, an dem wir unsere Häupter zur Ruhe betten konnten, wagte ich, an meinen letzten Aufenthalt mit Shuff zurückdenkend, ernsthaft zu bezweifeln. Immerhin waren seit damals einige Jahre ins Land gegangen, Jahre, in denen die Tourismus-Branche alles andere als geschlafen hatte.

Vielleicht wären unsere Häupter in einem gleichnamigen Ort in der belgischen Provinz Flandern besser aufgehoben gewesen. Dort ging es mit Sicherheit viel beschaulicher zu, sah man einmal ab von der Uneinigkeit, die hinsichtlich der Herkunft des Ortnamens bestand. Die Stadt sei nach dem biblischen Vorbild benannt worden, behaupteten die einen. Nichts da, sagten die anderen, der Name sei nur das Ergebnis einer falschen Schreibung des belgischen *margerhed*, zu deutsch: der mageren Heide, auf deren Grund der Ort errichtet worden sei.

Was hätte ich angesichts der anhaltenden Hitze

darum gegeben, meinen geschundenen Leib auf das taufrische, kühle Gras einer flandrischen Magerwiese zu betten!

Aber nichts da, wir heizten auf das biblische Nazareth zu,

in die Heimatstadt von Josef und Maria,
an jenen Ort, an dem der Erzengel Gabriel
Maria die Geburt ihres Sohnes verkündet hatte,
dahin, wohin die heilige Familie
nach Jesus Geburt im Stall von Bethlehem
zurückgekehrt war
und wo Jesus sein weiteres Leben verbringen sollte,
was ihm den Beinamen
›der Nazarener‹ eingetragen hatte.

»Es gibt im Grunde nur zwei Menschensorten, die mageren und die fetten, oder vielmehr Menschen, die immer dünner werden und solche, die aus schmächtigen Anfängen allmählig zur ründlichsten Korpulenz übergehen«, so schrieb Heinrich Heine in den 1830er-Jahren und unterteilte die Menschheit in die frustrierten Nazarener und die lebensfrohen Hellenen.

Irgendwie, fand ich, hatte Heine mit seiner Einschätzung nicht ganz danebengelegen. Es gab sie tatsächlich, diese beiden Menschensorten. Zwei Vertreter ihrer Art saßen in nächster Nähe neben und hinter mir. Dünnhäutig, blass und abgemagert hing Lothar Matthäus auf der Rückbank zwischen

217

Yael und Lena wie der Leibhaftige an seinem Kreuz und schlief, wie so oft in den letzten Tagen, den Schlaf des Erschöpften, dem es nicht mehr beschieden war, dem heiligen Fußball in diesem heiligen Land noch eine weitere Gloriole hinzuzufügen. Kein Didi Hamann, kein neuer Maradona des Nahen Ostens, kein auch nur halbwegs passabler Mittelfeldspieler weit und breit, der Maccabi Netanja noch hätte retten können. Und neben mir, zufrieden und entspannt sein rundes Bäuchlein tätschelnd Onkel Sauberger, Prototyp des epikureischen Hellenen, der bereits wortreich in den kulinarischen Genüssen schwelgte, die er in seinen diversen Lieblingsrestaurants in Nazareth schon vorbestellt hatte.

Und es kam, wie es eigentlich immer kam, wenn man mit Onkel Sauberger unterwegs war: Wir aßen und aßen und tranken und tranken, bis wir beinahe platzten und feierten auf diese Weise – ganz ohne den Segen von Rabbi Avramoff – den Abschied meines Bosses Lothar Matthäus von diesem heiligen Land, dem er schon wenige Tage später für immer den Rücken kehren sollte. Auch Yael und Lena hielt es, wie schon angedeutet, nicht mehr lange auf diesem heißen Boden, den sie bald Richtung Stuttgart verließen. Und wenn sie nicht gestorben sind, dann kauft Lothar Matthäus bis zum heutigen Tag seine Sonnenbrillen in ihrer Boutique in

218

der Königstraße, während ich weiterhin an meiner Schriftsteller-Karriere bastle, was mir dank Onkel Sauberger, so hoffe ich, gelingen wird. Denn er füttert mich nicht nur mit seinen Geschichten, sondern auch mit seinen köstlichen Delikatessen aus purem Schweinefleisch.

INHALT

Bibliografische Informationen der
Deutschen Nationalbibliothek:

Die Deutsche Nationalbibliothek verzeichnet diese
Publikation in der Deutschen Nationalbibliografie.
Bibliografische Daten im Internet über http://www.
dnb.de abrufbar.

Robert Scheer:
Matthäus-Passion. Ein humorvolles Roadmovie aus Israel

© Robert Scheer 2019
Alle Rechte vorbehalten

Satz: Satzmeer, Frankfurt am Main

Umschlag: Chris Gilcher, Buchcoverdesign.de

Autorenfoto auf S. 2: Ami Siano

Herstellung und Verlag: BoD – Books on Demand, Norderstedt

ISBN 978-3-74948-309-9